# 羅密歐與茱麗葉——莎士比亞故事精選集

總導讀

# 打開世界文學經典，進入生命的另一個層次！

——新樹幼兒圖書館 館長 蔡幸珍

文學經典之所以成為經典，是因為這些世界名著經過時間的淘洗與淬煉之後，能歷久不衰並轉化成各種形式的「變裝」，例如：卡通、電影、芭蕾舞蹈、音樂、漫畫、手機遊戲、桌遊……等，繼續活躍在這世界的舞台上。

時代會變，社會在進步，科技也以十倍速更新，然而亙古以來的人性卻沒有顯著的變化，幾百年前能感動、震撼、取悅、療癒人心的世界名著，在幾百年後，依然能深深打動世人。

## 完整的文學經典出版計畫

小木馬文學館這一系列的世界文學經典作品，是由日本第一流的兒童文學研究家，以及國內的傑出譯者以生動活潑的現代語言譯寫，並且附有詳細的注釋、彩頁插畫、作者介紹、人物關係圖、故事場景和地圖……等等。從這些規畫與細節，可以看到編輯群的用心與貼心。

每個時代的生活用語與文物不盡相同，書中圖文並茂的注釋讓讀者能跨越時空、地理與文化的差異，減少與文字的距離和陌生感，更容易進入故事的時空情境當中。書中的介紹讓讀者了解作者的生平與創作背後的故事；人物關係圖釐清了解各個角色之間的關係，譬如：《希臘神話》中的哪個天神和誰生下了誰，誰又是誰的兄弟姊妹，這個英雄又有何來頭，天神之間錯綜複雜的關係，一張人物關係圖就能幫助讀者腦筋不打結；故事場景和地圖則提供清晰的地理線索，不論是將來實地去故事誕生之地拜訪遊玩，或是在腦海中遨遊都格外有趣。這些林林總總的補充資料，我稱它們為「作品懶人包」，讓讀者無需上網一一去搜尋相關的背景資料，提供了一條深入了解作品的捷徑。

## 體驗經典的文字魅力

閱讀小木馬文學館一本又一本的世界名著時，我彷彿坐上時光機，回憶起與這些「變裝」後的世界名著相遇的點點滴滴。

《湯姆歷險記》以卡通的型態出現在老三臺的電視裡，吹著口哨的湯姆計誘朋友以珍藏的寶貝來換取刷油漆的工作，湯姆・索耶聰明淘氣的形象深深的烙印在我的腦海中；《紅髮安妮》每隔十幾年就被翻拍成電視劇或是電影《清秀佳人》；《格列佛遊記》藏身在國小的課文中，一年又一年，格列佛在課本裡，全身被釘住，上百支箭射向他；我在舞台上遇見了《莎士比亞故事精選集》中的羅密歐與茱麗葉；《悲慘世界》以音樂劇的形式在我的心中投下震憾彈；《偵探福爾摩斯》則讓年少的我躺在涼椅上抱著書不放，度過一整個暑假。我與希臘眾神的相遇則是在台東大學兒童文學研究所的「神話與童話」課堂中、在希臘愛琴海上的克里特島上。

小時候的我，看過「變裝」後的世界名著，現在再讀小木馬文學館以「書」的形式登場的這些名著時，著實被這些作品的文字魅力深深吸引住。「書」和卡通、電視電影等影音媒體大大不同，以水果來比喻的話，書就是水果，而卡通、電影是果汁。看書像是吃原味的水果，而看卡通、電影就像喝果汁，有些營養素不見了，口感也不同了！

比方說，在《湯姆歷險記》卡通裡，看不到馬克．吐溫寫的「不好的回憶就像寫在海灘上的字，幸福的大浪一捲來，馬上就消失無蹤。」在《清秀佳人》卡通裡，看不到「我現在來到人生的轉角了，雖然走過轉角後不知道前方會有什麼在等待著，但我相信一定是燦爛美好的未來，這又是另一種樂趣了。」這樣精采的字句，因此我誠心建議曾經與「變裝」世界名著相遇的人，千萬別錯過原著的文字世界。

**閱讀，讓生命變得不同**

小木馬文學館將這一系列世界名著的定位為「我的第一套世界文學——在故事中體驗冒險、正義、愛、歡笑與淚水」，兼具趣味性、易讀性、知識性、文學性，並展演出各式各樣的人性，冀望能為小讀者開啟人生第一道文學之門。我也極力推薦大人們和小朋友一起閱讀這系列書，一起聊聊書，在書中探索人心的神祕、奧妙與幽微之處，也一起認識這世界的種種不幸與美好。

法國的符號學者羅蘭·巴特說：「閱讀不是逐字念過而已，而是從一個層次進入另一個層次的過程。」

我也認為閱讀是一種化學變化，讀一本書之前和讀了一本書之後，讀者的生命將變得和原本不一樣了。看《悲慘世界》時，可以看到未婚生子的女工在底層環境裡養育孩子的辛苦，了解社會底層人士的生活樣貌；讀了《紅髮安妮》之後，也可以學習安妮正向樂觀的生活態度，對生活保持高度好奇心，並對周遭世界施以想像的魔法，讓世界變美麗！看《湯姆歷險記》時，才知道在現實生活中自己可能是乖乖牌席德，但內心其實很想扮演湯姆．索耶，偶爾淘氣、搗蛋、半夜去冒險。

書本能誘發我們的人生成長，而經典更絕對是最佳的催化劑。打開書吧，讓我們透過一本本世界文學經典的引領，進入生命的另一個層次！

## 前言

# 描繪人性的名作

威廉・莎士比亞是英國的大劇作家，作品不但聞名世界，現在流傳的格言，也有許多是出自他筆下的故事。他大膽使用口語，將各種人物性格生動的表現出來，也描寫了隱藏人心深處的細微想法。

莎士比亞一共發表了三十七部戲劇和六本詩集，本書精選其中的十四部戲劇，並採用英國兒童文學家伊迪絲・內斯比特的改編版本。

內斯比特運用豐富的想像力，同時也活用原本的台詞，將原著中艱澀的部分改寫得容易閱讀，讓整部作品變得更平易近人。

希望讀了這本書而對莎士比亞產生興趣的年輕讀者們，長大後再讀原著，或是觀賞戲劇演出，相信一定會有更多不同的感受，就讓這本精選集成為各位認識莎士比亞的入門。

莎士比亞
的故事場景
哈姆雷特
羅密歐與茱麗葉
維洛那二紳士
威尼斯商人
第十二夜
仲夏夜之夢
奧賽羅
拿坡里
西里王國
雅典
土耳其
賽普勒斯王國

挪威王國
馬克白
蘇格蘭王國
辛白林
丹麥王國
不列顛王國
威登堡
波希米亞王國
法蘭西王國
米蘭
維洛那
威尼斯
西班牙王國
冬天的故事
西西
錯誤的喜劇

# 羅密歐與茱麗葉

# 人物關係圖

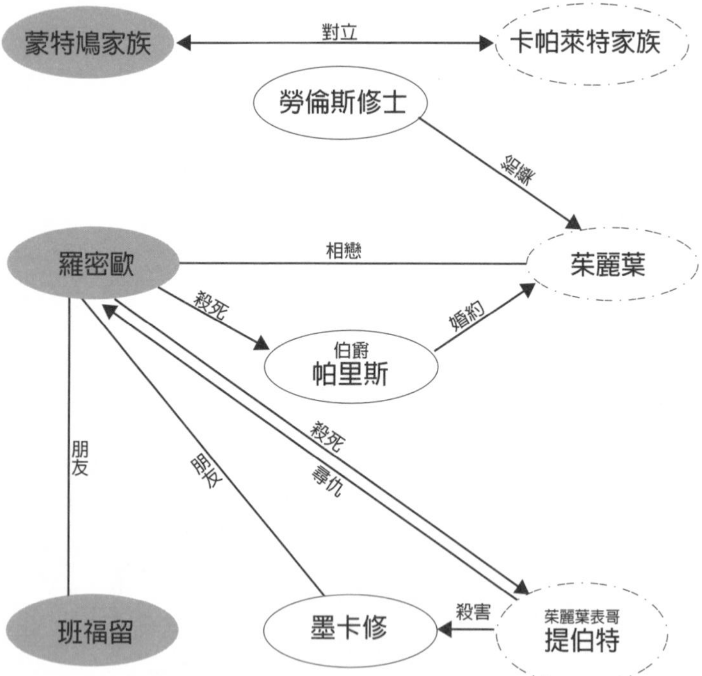
蒙特鳩家族
對立
卡帕萊特家族
勞倫斯修士
給藥
羅密歐
相戀
茱麗葉
殺死
婚約
伯爵
帕里斯
朋友
朋友
殺死
尋仇
班福留
墨卡修
殺害
茱麗葉表哥
提伯特

從前，義大利的**維洛那**城有兩大望族——蒙特鳩家族和卡帕萊特家族。兩個家族都非常富有，待人處事也很得體。然而，他們也有不明理的時候。長久以來，兩個家族間爭執不斷，就像為了爭吵而爭吵，毫不講理，一吵起來就沒完沒了。

因此，就算蒙特鳩家的人在路上遇見卡帕萊特家的人，也絕不會打招呼。反之亦然，卡帕萊特家的人遇見蒙特鳩家的人也當作沒看到。假如兩家人開口說話，那也一定是用粗暴的言語挑釁對方，到了最後經常大打出手。兩個家族的親戚和家僕同樣被仇恨沖昏了頭，街上一旦發生衝突，十之八九都是蒙特鳩家和卡帕萊特家引起的。

有一次，卡帕萊特家族的大家長——卡帕萊特**公爵**

**維洛那**
位於義大利北部，西元前一世紀時成為羅馬人的殖民地，是歷史悠久、相當繁榮的城市，目前市內仍保留了許多古老的建築。

**爵位**
加在貴族姓名後方的尊稱。在英國，爵位由高而低分為公爵、侯爵、伯爵、子爵、男爵五個等級。

舉辦了一場盛大的晚宴。卡帕萊特公爵非常好客，歡迎每一個人參加這場宴會，當然是除了蒙特鳩家的人之外。

蒙特鳩家有一位名叫羅密歐的少年很想參加宴會，因為他心儀的羅瑟琳就在卡帕萊特公爵的邀請名單上。不過，這位女性從來沒有對羅密歐表示過好感，羅密歐則毫無理由的就宣稱自己愛上羅瑟琳。

其實，羅密歐只是很想談戀愛，即使還沒遇見適合的人，也覺得非愛不可。總之，羅密歐和朋友班福留、墨卡修一起前往。

老卡帕萊特公爵非常熱情的招待羅密歐和他的兩位朋友。年輕的羅密歐在穿著**天鵝絨**和**綢緞**的貴族之間穿梭，男性的**劍柄**上鑲著寶石，衣服上有華麗的**衣領**；女

**天鵝絨**
表面刷毛的一種紡織品，觸感柔軟，具有彈性。西元十四至十六世紀時主要的服裝材質，由義大利遍及歐洲。

**綢緞**
滑順有光澤，是一種高級的布料。

**劍柄**
劍上可讓手握持的部分。

性的胸口和手腕則是別著耀眼的寶石，閃閃發亮的腰帶上鑲的是高貴的珠寶。羅密歐也穿著最華麗的服裝，雖然戴著黑色的面具遮住了半張臉，從他的嘴唇和俐落的髮型，誰都能一眼看出他比在場的任何人英俊。

忽然，羅密歐從跳舞的人群裡注意到一個女孩，「多麼美麗的人兒啊！」他心想。從那一瞬間起，羅密歐的心就容不下原本愛慕的羅瑟琳了。女孩穿的白色綢緞上鑲了珍珠，看著她翩然起舞的美麗身影，羅密歐覺得周圍的世界都黯然失色。

羅密歐不自覺說出了自己的心意，卻被卡帕萊特夫人的姪子提伯特聽見了。於是，他認出那位戴著面具的客人就是羅密歐。

提伯特怒氣沖天，立刻去向卡帕萊特公爵告狀。他

**衣領**

加於領口的一種構造，可防止領子弄髒或做為裝飾。

說，蒙特鳩家的人沒有受到邀請，竟敢來參加宴會。

不過，老卡帕萊特公爵是一位德高望重的紳士，他不想在自家的屋簷下對任何人不禮貌，於是他要提伯特冷靜、不要聲張。年輕氣盛的提伯特只能另外找機會教訓羅密歐。

羅密歐終於接近那位美麗的女孩，用甜言蜜語對女孩訴說愛意，還吻了她。這時，女孩被母親叫回房裡去了。羅密歐這才發現，自己愛上的女孩，竟然是世仇卡帕萊特公爵的女兒茱麗葉。儘管他帶著悲傷的心情離開了，對茱麗葉的心意卻沒有改變。

後來，茱麗葉問她的奶媽：

「那位不跳舞的紳士是誰呢？」

奶媽回答她：

「他叫羅密歐，是蒙特鳩家的人，他可是你們家宿敵的獨生子啊。」

茱麗葉回到房間，從窗戶望著戶外的庭院發呆。皎潔的明月照耀著美麗的灰綠色庭院。

羅密歐躲在庭院的樹叢裡。他想再見茱麗葉一面，不願就這樣離開。

茱麗葉不知道羅密歐就躲在庭院裡，對著安靜的庭院說出心中的祕密，訴說自己多麼愛羅密歐。

聽見茱麗葉的告白，羅密歐欣喜若狂。他抬頭往上望，月光中，茱麗葉的臉龐就像被窗邊開滿花的常春藤框住的一幅畫。羅密歐看著茱麗葉、聽著她的聲音，彷彿置身夢中，是魔法師讓他降落在這座施了魔法的庭院裡。

「啊！羅密歐，為什麼你是羅密歐呢？」茱麗葉喃喃說著：「我愛你。玫瑰不叫玫瑰，依然芬芳，不管你叫什麼名字，我都不在乎。」

「那麼，請你喚我為愛人吧！這麼一來，我就像是**受洗**一般，從今以後，我不再是羅密歐了。」

羅密歐從**絲柏**和**夾竹桃**的樹蔭中，現身在皎潔的月光下，這麼呼喊著。

茱麗葉聞聲嚇了一跳。當她看清楚那個人不是別人，正是羅密歐本人，她感到

十分欣喜。

羅密歐站在底下的庭院，茱麗葉則靠坐在窗台，兩人有說不完的話。他們就像一般的情侶，用盡了最甜蜜的話語互訴衷情。

然而，快樂的時光總是過得特別快，相愛的兩個人在一起的時光更是如此。總是感覺才剛見面而已，怎一轉眼就到了要分開的時候，兩人甚至不知道該怎麼道別才好。

茱麗葉說：

「明天，我會叫人拿一封信給你。」

兩人雖然依依不捨，仍然互道了一聲再見。

茱麗葉進入自己的房間，她拉上暗色的窗簾，遮住從窗戶透進來的光線。羅密歐宛如做了一場夢，穿過被

**受洗（第21頁）**

成為基督教徒的儀式。把水淋在信徒頭上並授予聖名，使他受到擁有該名的聖人守護。受洗儀式含有赦免人與生俱來的罪，在精神上重生的意義。

露水沾濕的庭院離開。

隔天一早，羅密歐拜訪勞倫斯**修士**，告訴他昨夜的經過。羅密歐請修士盡快替他和茱麗葉主持婚禮。修士和羅密歐談了一會兒，確認他的心意後，答應了他的請求。

同時，茱麗葉也派年邁的奶媽去打聽羅密歐的消息。不久之後，奶媽帶著一封信回來了，信裡寫著事情很順利，為了讓茱麗葉和羅密歐在當天下午結婚，一切都安排好了。

這麼重大的決定實在不該瞞著父母，問題是卡帕萊特和蒙特鳩兩家長久以來毫無道理的對立，這對情侶都不敢請雙親同意自己的婚事。

勞倫斯修士非常樂意幫助這對年輕的情侶。他認為

**絲柏（第21頁）**

針葉常綠喬木。高度約可達二、三十公尺，春季開花。主要分布於南歐和地中海沿岸。

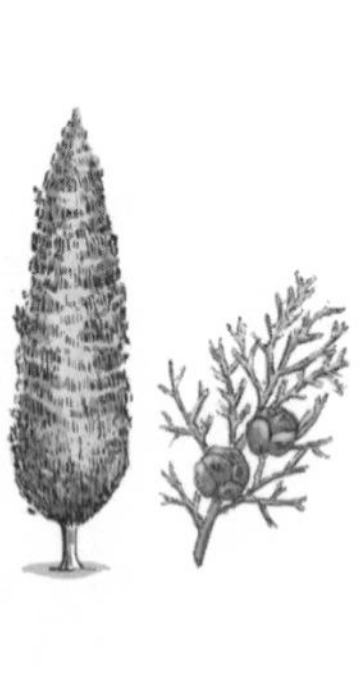

藉由這樁婚事，說不定能使兩家人長年來的爭執有個圓滿的結局。

當天下午，羅密歐和茱麗葉在勞倫斯修士的住處舉行婚禮，之後兩人在淚水和親吻中道別。羅密歐和茱麗葉約定，晚上會到卡帕萊特家的庭院與她見面。到時候，奶媽會從窗戶垂下繩梯，羅密歐就能順著繩梯爬上窗戶，和心愛的妻子獨處、互訴情意。

然而就在同一天，發生了一場可怕的意外。

羅密歐出席卡帕萊特家宴會的那天起，提伯特就一直對他懷恨在心。這一天，提伯特在路上碰到了羅密歐和他的兩位朋友，墨卡修與班福留。提伯特罵羅密歐是無賴，要求跟他一決勝負。

羅密歐一點也不想和茱麗葉的表哥決鬥。不過，墨

**夾竹桃（第21頁）**

常綠灌木，高度約二至八公尺。夏季會開出紅、紫紅、黃白等色的花，氣味芬芳。

**修士**

信奉天主教，發誓一生清貧、貞潔、服從，過著嚴格生活的男性。

卡修已經拔劍和提伯特打起來了，結果，墨卡修不幸中劍身亡。見到自己的朋友被殺害，羅密歐一時怒火攻心，失去了理智，顧不了對方是誰，拔劍相向。提伯特最終不敵羅密歐，死在他的劍下。

就在婚禮當天，羅密歐殺死了心愛的茱麗葉的表哥，因此被放逐到**曼切華**城。

那天晚上，可憐的茱麗葉和年輕的丈夫見面了。羅密歐在花叢裡順著繩梯往上爬，來到茱麗葉窗前。然而，這次幽會卻充滿悲傷。兩人淚流滿面，以無比沉重的心情道別，不知道什麼時候才能再見面。

另一方面，卡帕萊特公爵當然不知道女兒已經結婚了，他想把女兒許配給帕里斯伯爵，女兒卻拒絕了這門親事，使他大發雷霆。不知所措的茱麗葉急忙去找勞倫

**曼切華**
位於義大利北部的城市，希臘時代就建成，歷史悠久。

斯修士，問修士該怎麼做才好。勞倫斯修士建議茱麗葉假裝答應和帕里斯結婚。他對茱麗葉說：

「我這裡有一瓶藥水，妳喝下之後的兩天內，看起來會像死了一樣，這麼一來，大家把妳帶到教堂就不是為了婚禮而是舉行葬禮了。所有人都會認為妳死了，將妳放入**地下墓室**。不過，在妳醒過來前，我和羅密歐就會趕到那裡，救妳出來。妳願意這麼做嗎？或者，妳害怕？」

茱麗葉說：

「就照您的方法做吧。為了和我的丈夫見面，我一點都不怕！」

回家後，茱麗葉對父親說，她答應和帕里斯結婚。假如茱麗葉不顧一切，對父親說出真相的話，就會

**地下墓室**

墳墓的一種。不把裝著死者的棺木掩埋起來，只是並排放著。依據時代不同，也有不將死者放入棺木，而是並排放在平台上的例子。

變成完全不同的故事了。

卡帕萊特公爵非常開心，事情如他所願。他邀請親友，著手籌備喜宴。要準備的事項實在太多，而時間太少，家族裡的每一位成員幾乎都徹夜未眠。

卡帕萊特公爵無論如何都希望茱麗葉能夠成婚，他見女兒最近總是悶悶不樂，很是心疼。卡帕萊特公爵不知道，茱麗葉是為了丈夫羅密歐的事而苦惱，以為女兒是因為表哥提伯特過世而悲傷，認為結婚或許能讓她的心情好轉。

隔天一早，奶媽來叫茱麗葉起床，準備替她梳妝打扮，卻怎麼也叫不醒她。奶媽驚叫：

「啊！啊！來人啊！快來人啊！小姐沒有呼吸啦！怎麼會這樣？我、我不如跟小姐一起死了算了！」

卡帕萊特夫人聞聲趕到茱麗葉房裡，卡帕萊特公爵和新郎帕里斯伯爵也隨後趕來。只見茱麗葉全身冰冷，臉色慘白的躺在床上，已經沒了呼吸心跳，無論眾人如何大聲哭喊也無法喚醒她。因此，當天舉行的儀式便由婚禮變成了葬禮。

另一方面，勞倫斯修士派人前往曼切華，將寫著一切真相的信交給羅密歐。要不是信差沒有及時趕到，事情應該會有圓滿的結局。

然而，壞消息總是傳得特別快。羅密歐的僕人偶然聽到茱麗葉的死訊，那名僕人只知道主人和茱麗葉祕密舉行了婚禮，卻不知道假死的計畫，急忙跑去告訴羅密歐，說他的妻子已經死了，現在已下葬在墓室。

「這是真的嗎？」羅密歐問，他的心幾乎被撕裂了。

「如果消息是真的，今天晚上我就要去和茱麗葉作伴了。」

羅密歐準備好毒藥，直奔維洛那城，趕往茱麗葉的墓地。但那裡不是墓地，而是一個地下墓室，墓室裡放著卡帕萊特家族先人的遺骨。羅密歐推開門，正要走下通往墓室的階梯時，聽見背後傳來一聲「站住！」

說話的人是原本要在當天和茱麗葉結婚的帕里斯伯爵。

帕里斯大聲喊道：

「你到這裡來是何居心？想讓卡帕萊特家的死者無法安息嗎？你這蒙特鳩家的

惡棍！」

可憐的羅密歐由於悲傷過度，幾乎就要失去理智，但他仍然很有風度的回話。

「你被放逐了吧。」帕里斯接著說：

「回到維洛那就必須死。」

「沒錯，我是必須死。」羅密歐說：

「我就是為了結束生命，才會來到這裡的。高貴的紳士啊，請別管我了！啊，在我還沒有傷害您之前，請快走吧。比起自己的命，我更珍惜您的性命。請您離開，讓我一個人靜靜待在這裡……」

「一派胡言！我要逮捕你這個罪犯！」

羅密歐終於由悲傷轉為憤怒，在絕望之下，他拔出了劍與帕里斯對決，結果是他殺了帕里斯。當羅密歐的劍刺穿帕里斯時，帕里斯喊道：

「啊，太殘酷了。如果你還有一點慈悲之心，請打開墓室，將我放在心愛的茱麗葉身邊吧。」

「我一定會完成你的遺願。」羅密歐說。

羅密歐將帕里斯的屍體搬進墓室，放在茱麗葉旁邊。

羅密歐跪在茱麗葉身旁，與妻子話別。他抱起茱麗葉的身體，親吻她冰冷的嘴唇，他不知道茱麗葉即將醒來，羅密歐將毒藥一飲而盡，倒在心愛的妻子身邊。

勞倫斯修士趕到的時候，一切已經太遲了，他只看見事發之後的景象。可憐的茱麗葉從昏迷狀態中醒來，才一睜眼，就看見自己的丈夫和帕里斯倒在一旁，都沒了氣息。

外頭的人剛才聽見帕里斯和羅密歐打鬥的聲響，紛紛趕來墓室。勞倫斯修士聽見腳步聲，急忙逃走，只留下茱麗葉一人。

茱麗葉看見掉在一旁的毒藥瓶，明白了一切。瓶中的毒藥一滴都不剩，她只好拔出羅密歐的短劍，刺進自己胸口。茱麗葉把頭靠在羅密歐的胸膛，結束了生命。這一對忠誠卻又如此不幸的情侶，他們的愛情故事就此畫下了句點。

兩個家族的家長從勞倫斯修士那裡得知事情經過，悲慟萬分。如今，這場悲劇已經讓他們明白無謂的爭執只會導致如此惡果，終於願意深切反省過去的所作所為。最後，他們在孩子的遺體前握手言和，化敵為友。

# 哈姆雷特

# 人物關係圖

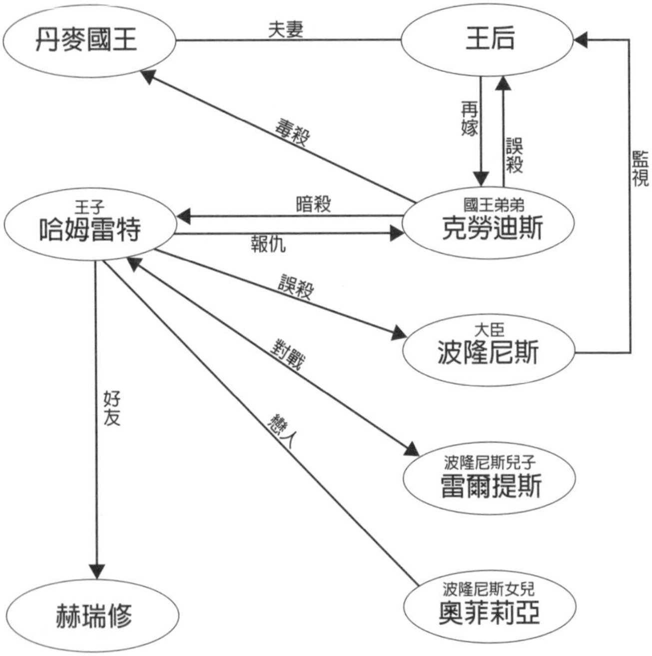
丹麥國王
夫妻
王后
毒殺
再嫁
誤殺
監視
王子
哈姆雷特
暗殺
報仇
國王弟弟
克勞迪斯
誤殺
大臣
波隆尼斯
對戰
好友
戀人
波隆尼斯兒子
雷爾提斯
赫瑞修
波隆尼斯女兒
奧菲莉亞

哈姆雷特是**丹麥**國王的獨生子。哈姆雷特深愛著他的父母，也和一位名叫奧菲莉亞的美麗女孩相愛，過得十分幸福。奧菲莉亞的父親則是國王的大臣──波隆尼斯。

然而，哈姆雷特在**威登堡**求學時，突然傳來父親的死訊。聽聞國王是遭大蛇咬死的，哈姆雷特悲慟不已，匆匆趕回故鄉。年輕的王子非常敬愛父親，當他得知國王下葬還不到一個月，母親就決定再婚，對象還是父王的弟弟，哈姆雷特的心情有多麼沉重，是可想而知的了。

哈姆雷特不願意為了婚禮換掉喪服。

「我內心深處的悲傷，不只表現在我穿著的黑色衣服上。」哈姆雷特說：

**丹麥**

由日德蘭半島和位於其東側的群島組成的王國。西元十一世紀時，征服英國、挪威等國，勢力範圍龐大，十六世紀後則逐漸衰弱。

**威登堡**

位於德國東部、易北河東岸的城市。西元十六世紀時所建的大學，是當時德國最重要的學府。這裡同時也是馬丁路德宗教改革運動的中心。

「我遭遇了喪父之痛，緬懷父王、為他悲嘆，這是身為人子應該做的。」

國王的弟弟克勞迪斯對他說：

「你悲傷的程度太不尋常了。為父親的死感到難過是人之常情，就算如此……」

「啊！」哈姆雷特厭煩的說：

「才過了一個月就遺忘心愛的人，這種事我做不到。」

聽他這麼說，王后和克勞迪斯只好離開了。他們就要舉行盛大的婚禮，並不再懷念已故的善良的國王。

哈姆雷特獨自一人留下，思考自己該如何是好。他不相信先王是被蛇咬死的。這顯然是陰險的克勞迪斯為了篡奪王位、和王后結婚，才殺了國王。然而哈姆雷特沒有任何證據可以指控克勞迪斯。

哈姆雷特正在苦惱沉思時，他的同學赫瑞修從威登堡趕來了。

哈姆雷特熱切的問候朋友：

「你怎麼來了？」

「王子殿下，我是為了您父王的葬禮而來的。」

「你大概只能參加我母親的婚禮了。啊，父王！再也沒有比您更好的人了。」哈姆雷特憤恨的說。

「王子殿下。」赫瑞修說：「昨天晚上，我好像看見您父親了。」

赫瑞修敘述起自己和兩名衛兵一同看見國王的鬼魂出現在城牆上的經過，哈姆雷特越聽越驚訝。

當天晚上，哈姆雷特就去一探究竟。午夜時分，他真的看見國王的鬼魂。在冷冷的月光下，國王身著常穿的那副**盔甲**，出現在城牆上。哈姆雷特是個勇敢的青年，看見鬼魂不但沒有逃，反而上前和鬼魂對話。鬼魂對他招手，哈姆雷特便跟著鬼魂到一個安靜的地方。鬼魂對他說，事情正如他所懷疑的，正是陰險的克勞迪斯

**盔甲**

由金屬片構成的一種裝備。打鬥時穿在身上，能夠覆蓋全身，防禦敵人的攻擊。

趁著國王在庭院裡午睡時，把毒藥滴入他的耳朵，克勞迪斯殺害了他善良的兄長。

鬼魂接著說：「你一定要讓殺人犯——也就是我那邪惡的弟弟得到報應。不過，你不能傷害王后，知道嗎？我一直深愛著她，她也是你的母親。孩子，別忘了我。」

眼看天空逐漸泛白，鬼魂就消失了。

「好！」哈姆雷特對自己說：「現在只要想著怎麼復仇就好。要我別忘了您？任何事我都可以忘記，除了您以外。書本、喜悅、青春——我會將這些都拋到九霄雲外，我的腦中只剩下您的命令了。」

哈姆雷特要朋友發誓不洩漏鬼魂出現的事。破曉的曙光夾著月光，把城牆映成銀灰色。哈姆雷特回到城堡裡，思考著該怎麼替父親報仇。

看見父親的亡魂，加上聽見真相的衝擊，使哈姆雷特幾乎要瘋了。他擔心叔叔會起疑，於是假裝為了其他事情而瘋狂，極力隱藏復仇的決心。

於是，哈姆雷特和奧菲莉亞見面時，故意表現得非常粗暴。在此之前，奧菲莉亞深愛著哈姆雷特，哈姆雷特也送給奧菲莉亞許多禮物和信件，對她傾吐無數甜言蜜語。奧菲莉亞認為哈姆雷特一定是一時的精神失常，不相信他會對她這麼冷酷無情。於是，奧菲莉亞去找她的父親商量，拿了一封哈姆雷特寫的信讓父親看。信裡寫著許多不知所云的內容，但也有一首美麗的詩：

儘管懷疑星星只是火炎，
懷疑太陽是否轉動，
懷疑真相僅是謊言，
但別懷疑我的愛。

從此，大家都相信哈姆雷特是為愛情而瘋狂了。

可憐的哈姆雷特內心非常煎熬。他雖然想照亡父鬼魂的吩咐去做，但他的心地太善良了，即使對方是殺父仇人，他也無法想像自己得拔刀相向。有時，哈姆雷特甚至懷疑，鬼魂說的話到底是不是真的。

這時，皇宮裡剛好來了幾位演員。哈姆雷特命令他們在新國王和王后面前演一齣戲，劇情描述一名男子在庭院裡殺害近親，之後又和死者的妻子結婚。

新國王坐在王位上，王后坐在一旁，朝中官員也都前來看戲。舞台上演出自己做過的壞事時，新國王的心境可想而知。終於，劇情來到邪惡的男子趁親戚睡著、往他耳裡倒入毒藥的一幕。陰險的克勞迪斯突然站起來，腳步踉蹌的走了出去。王后和官員也紛紛跟著離開了劇場。

哈姆雷特對赫瑞修說：

「這麼一來，我就能確定鬼魂說的是實話了。如果克勞迪斯不是殺人兇手，看了那一幕應該不會如此坐立難安。」

為了譴責看戲時哈姆雷特表現的態度，新國王克勞迪斯請王后傳令要哈姆雷特進宮。同時，也為了確實掌握王后和哈姆雷特的對話，他派老臣波隆尼斯躲在王后房裡的壁簾後方偷聽。哈姆雷特和王后談了一會之後，王后聽了兒子粗暴、反常的言語嚇壞了，大聲呼救。躲在壁簾後方的波隆尼斯也幫著王后叫人過來。哈姆雷特以為躲著的人是新國王，拔劍就刺向壁簾。結果，哈姆雷特刺死的不是新國王，而是可憐的老臣波隆尼斯。

現在，哈姆雷特不但傷了叔叔和母親的心，還因為命運作弄，殺死了戀人的父親。

王后驚叫：

「啊！你做了一件多麼魯莽又殘酷的事！」

哈姆雷特憤恨的回答：

「是啊，就像妳殺害父王、又和父王的弟弟結婚一樣殘酷。」

接著，哈姆雷特把自己心中的想法、得知這樁殺人陰謀的經過，一五一十告訴了王后。他請求王后不要再接受克勞迪斯的愛了，他殺害了善良的國王，是個卑鄙的人。母子兩人正在說話時，國王的鬼魂又出現在哈姆雷特面前，王后卻看不見。

鬼魂消失後，母子兩人就各自離開了。

王后向克勞迪斯說出事情經過，以及波隆尼斯是怎麼死的。克勞迪斯說：

「這麼一來，事情就很清楚了，哈姆雷特已經瘋了。他既然殺了大臣，就按照我們的計畫，把他放逐到英國吧，這麼做也是為了哈姆雷特的安全著想。」

於是，哈姆雷特在新國王的兩名大臣監視下，被放逐到英國去了。他們帶著一封信，信中要求英國處死哈姆雷特。

不過，機警的哈姆雷特偷偷拿到了那封信。他用另一封信和原本的信調換，裡面寫著的是要英國處死背叛自己的兩個大臣。船將抵達**英國**時，哈姆雷特逃跑了，他搭上一艘**海盜**船。兩個陰險的大臣任由哈姆雷特自生自滅，他們繼續航向英國、航向死亡。

**英國**

即英格蘭王國。現在指的是英格蘭、蘇格蘭、威爾斯及北愛爾蘭的合稱，但在西元十八世紀之前，這些地區仍各自獨立。

**海盜**

襲擊船隻或沿岸地區的城市、搶奪貨物的盜賊。有時也會把船員當成人質，索取贖金。

哈姆雷特急忙趕回皇宮。然而，在他離開的這段時間，發生了一件可怕的事。可憐的奧菲莉亞同時失去戀人和父親，悲傷過度導致精神錯亂。她漫無目的徘徊在皇宮裡，頭上插著花草，口中斷斷續續唱著奇怪的歌謠，還不時說著毫無意義、哀傷、幼稚的話。

一天，奧菲莉亞來到一處長著**柳樹**的河畔。她想把花圈掛在柳樹上，卻和花圈一起掉進河裡溺死了。

哈姆雷特為了讓別人以為他精神失常，極力隱藏自己的情感，其實他仍深愛著奧菲莉亞。當他回到丹麥時，宮中正在為這位可愛又可憐的女孩舉行葬禮，包括新國王、王后在內，每個人都在為了哈姆雷特的戀人哭泣。奧菲莉亞的哥哥雷爾提斯也來到宮廷，他請求新國王嚴懲殺害他父親波隆尼斯的兇手。因悲慟而瘋狂的雷

**柳樹**

葉子平坦而細長，前端尖銳。初春時，在長出新葉前會先開花。

爾提斯跳進奧菲莉亞的墳裡，想再次擁抱妹妹。

「我對她的愛，比誰都還深！」哈姆雷特大喊著，跟隨雷爾提斯跳進奧菲莉亞的墳裡，兩人一陣扭打。

「我不能忍受有人比我更愛奧菲莉亞，即使是她的哥哥。」哈姆雷特請求雷爾提斯原諒

然而，見雷爾提斯有點被感動，陰險的克勞迪斯不想讓這兩個年輕人太親近，於是他又再提起，哈姆雷特是如何殘忍的殺害了老臣波隆尼斯。

新國王和雷爾提斯兩人早已說好，要用卑鄙的手段殺害哈姆雷特。

雷爾提斯向哈姆雷特挑戰**擊劍**。宮中的人全都圍在場邊，觀看這場比賽。哈姆雷特拿了一把練習專用的鈍劍，雷爾提斯卻準備了一把利劍，劍尖還塗上毒藥；陰

**擊劍**

歐洲自古以來盛行的格鬥運動。以輕而細長的劍攻擊對手身上的特定部位來得分。

險的克勞迪斯則準備了一杯有毒的葡萄酒，他想在哈姆雷特激烈運動而身體發熱、想喝點東西的時候，讓他喝下這杯毒酒。

雷爾提斯和哈姆雷特幾次交鋒後，雷爾提斯以猛烈的攻勢刺傷了哈姆雷特。哈姆雷特非常氣憤，他認為這只是一場比賽，不是真的要拚個你死我活。終於，兩人在激戰過程中，劍同時脫手了。撿起劍時，哈姆雷特錯拿了雷爾提斯的那把毒劍。他一劍刺向雷爾提斯，於是，雷爾提斯被自己的詭計所害，中毒身亡。這時，王后突然驚叫：

「啊！我的哈姆雷特！酒、這杯酒有毒啊！」

王后錯拿了新國王為哈姆雷特準備的酒杯。新國王眼睜睜看著王后因為自己的詭計而死。他雖然心腸狠毒，卻是真心愛著王后的。不僅是波隆尼斯和奧菲莉亞，就連王后、雷爾提斯也死了，再加上前往英國的兩個大臣。這麼多人喪命之後，哈姆雷特終於有勇氣執行鬼魂的命令——為父親報仇了。要是哈姆雷特能早點下定決心，就只有死不足惜的新國王會死，其他人也不用陪葬。

哈姆雷特終於下定決心，他舉起毒劍指向無良的新國王，大喊：

「毒藥啊，完成你的任務吧！」

新國王中了毒劍，哈姆雷特終於履行了和父親的約定。

一切都結束後，先前已經被毒劍刺傷的哈姆雷特也毒發身亡。圍在場邊的人，只能眼睜睜的看著哈姆雷特含淚為愛他的朋友和眾臣祈禱中慢慢死去。就這樣，丹麥王子哈姆雷特的悲慘故事到此畫下了句點。

# 暴風雨

# 人物關係圖

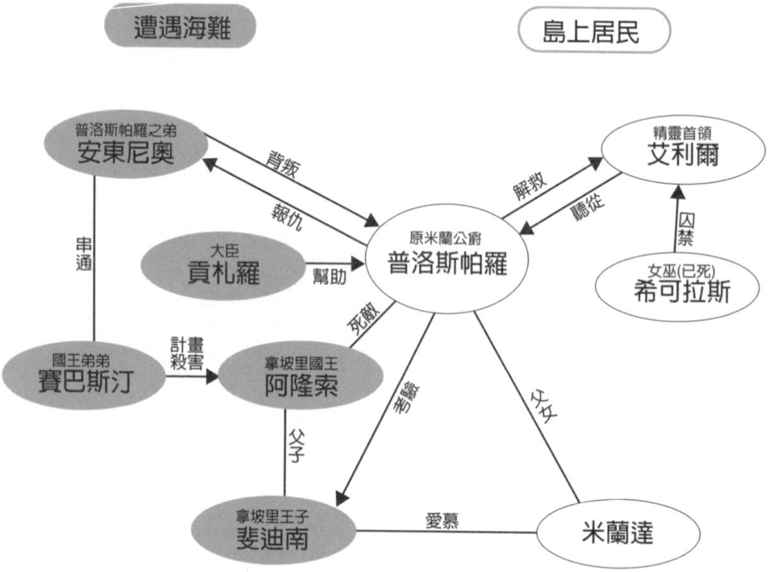
遭遇海難
島上居民
普洛斯帕羅之弟
安東尼奧
背叛
報仇
精靈首領
艾利爾
解救
聽從
囚禁
女巫(已死)
希可拉斯
原米蘭公爵
普洛斯帕羅
大臣
貢札羅
幫助
串通
死敵
國王弟弟
賽巴斯汀
計畫殺害
拿坡里國王
阿隆索
考驗
父女
父子
拿坡里王子
斐迪南
愛慕
米蘭達

普洛斯帕羅是**米蘭**公爵，不但學識淵博、又很勤學。他成天與書本為伍，將領土都交給弟弟安東尼奧管理，他完全信任安東尼奧。

然而，安東尼奧卻是個不值得信任的人，他總想取代哥哥，成為公爵。若不是人民非常愛戴普洛斯帕羅，他一定會為了達成目的，殺害自己的哥哥吧。

不過，在普洛斯帕羅的敵人——**拿坡里**國王阿隆索的幫助之下，安東尼奧還是從哥哥手中奪走了一切名聲、權力和財富。他們帶著普洛斯帕羅出海，當船來到離岸邊很遠的地方時，逼迫普洛斯帕羅坐上一艘無任何裝備、沒有桅杆和帆的小船。他們非常殘忍，心中充滿了憎恨，把普洛斯帕羅的小女兒米蘭達（當時還不到三歲）也放在小船上，讓這對父女兩人只能聽天由命，在

**米蘭**
位於義大利北部的城市。西元十五至十六世紀成為文學和藝術的薈萃之地。

**拿坡里**
位於義大利南部，面向地中海的港口城市。西元一二八二至一八六〇年間，繁榮的拿坡里王國建立於此。

海上漂流。

不過，隨著阿隆索一起來到米蘭的官員之中，也有人是同情普洛斯帕羅的。那位名叫貢札羅的拿坡里官員雖然沒辦法救出普洛斯帕羅，仍偷偷在小船裡放進乾淨的水、食物和衣服。最令普洛斯帕羅感激的是，小船上還放了幾本普洛斯帕羅擁有的珍貴書籍。小船最後漂流到一座小島，普洛斯帕羅和他的小女兒總算平安上岸。

這座小島被一位名叫希可拉斯的魔女施了魔法，將島上的所有精靈都囚禁在樹幹裡，多年來小島都籠罩在詛咒下。

雖然魔女在普洛斯帕羅漂流上岸之前就已經死了，以一名叫艾利爾為首的精靈們仍舊受困在樹幹裡動彈不得。

普洛斯帕羅是一位法力強大的魔法師，在他把米蘭交給弟弟統治時，幾乎把所有時間都用來學習魔法了。

普洛斯帕羅用他的法術，釋放了困在樹幹裡的精靈，也讓精靈們聽從自己的指揮。於是精靈成為普洛斯帕羅的臣民，而且比米蘭人民更忠誠。

為了讓精靈聽話，普洛斯帕羅善待並巧妙的操控他們，讓精靈替他做事。

幾年後，米蘭達已經長成一位亭亭玉立、溫柔婉約的少女。有一天，一艘船航行到普洛斯帕羅的小島附近。船上坐著安東尼奧和阿隆索、阿隆索的弟弟賽巴斯汀以及阿隆索的兒子斐迪南，老臣貢札羅也和他們一同出海。

普洛斯帕羅知道那艘船上坐著安東尼奧等人，於是用魔法製造了一陣暴風雨。由於風浪實在太大，坐在船上的人都感到沒有希望存活了。

那些人之中，最先落海的是斐迪南王子。失去兒子讓阿隆索非常難過。

不過，斐迪南被艾利爾平安帶上岸了。船上的人雖然都被浪濤打落海中，但沒有人受傷，分別從小島上不同的地方上岸。他們以為船也毀了，其實艾利爾也把船運到港口，安穩的停著。憑著普洛斯帕羅和精靈的法力，如此不可思議的事也能成真。

在船遭遇暴風雨侵襲時，普洛斯帕羅讓女兒看船在海浪間載浮載沉的樣子。他對女兒說，那艘船上坐著許多和我們一樣的人類。米蘭達覺得船上的人很可憐，請求父親快點平息這場暴風雨。父親則對女兒說不用擔心，沒有任何人會因此喪命。

接著，普洛斯帕羅第一次對米蘭達說出他們兩人的身世和遭遇。他會製造這場暴風雨，也是為了讓坐在船上的仇人——安東尼奧和阿隆索落入他手裡。

故事說完後，普洛斯帕羅用魔法讓女兒睡著了。接著，普洛斯帕羅招來艾利爾，有事要交代他去辦。渴望著完全自由的艾利爾抱怨普洛斯帕羅總讓他做一些辛苦的工作，普洛斯帕羅則要他想想，在希可拉斯統治小島的時候，精靈們是多麼痛苦；他結束了這場苦難，是精靈的救命恩人。於是，艾利爾不再抱怨，誠心對普洛斯帕羅發誓，以後會聽從他的任何命令。

「這樣就對了。」普洛斯帕羅說：

「兩天後，我就會讓你自由的。」

普洛斯帕羅要艾利爾扮成**水精靈**的模樣，去找年輕的王子。艾利爾隱藏著身影，飛到王子身邊，唱著這樣的歌曲：

來到黃色沙灘，
手牽著手，
只要親吻彼此，海浪也會平息。
翩翩起舞吧，
美麗的**精靈**，齊聲高歌吧，
反覆唱著。

斐迪南不由自主跟著魔法般的歌聲走。忽然間，旋律越來越沉重，歌詞觸動了王子內心深處的悲傷，讓他不禁眼眶泛淚。歌是這麼唱的：

你的父親睡在海底深淵，
骨骸變成**珊瑚**；

**水精靈（第54頁）**
也稱水妖精、寧芙仙子，通常會化身為年輕美麗的女子，愛好音樂和舞蹈。

**珊瑚**
珊瑚蟲群體及其骨骼的通稱。這裡指的是其骨骼，也稱珊瑚石。

眼睛化為**珍珠**，
全身沒有一處腐爛，
海水將他變成寶石，
變成珍貴的寶石，
女神敲著鐘，
聽哪、是哀悼的鐘聲，
叮噹、叮噹——

唱著唱著，艾利爾就把中了魔法的王子帶到普洛斯帕羅和米蘭達身邊了。

一如普洛斯帕羅所料，米蘭達從懂事以來，從來沒看過父親以外的人類。當她看見年輕英俊的王子時，她的眼中充滿尊敬，心裡也不禁萌生愛意。米蘭達說：

**珍珠**
在雙殼貝類中生成的球形物體。白色且帶有美麗的光澤，被視為珍貴的裝飾品。

「我從來沒有看過這麼優雅的生物！」

斐迪南見到美麗的米蘭達同樣又驚又喜，他喊道：

「剛才我聽見的，一定就是這位女神的歌聲吧！」

斐迪南毫不掩飾心中對米蘭達的愛慕。兩人才說沒幾句話，斐迪南就發誓要娶米蘭達為妻。普洛斯帕羅雖然樂見這兩個年輕人相愛，卻仍假裝非常生氣。

「你一定是個間諜。」普洛斯帕羅對斐迪南說：

「我要在你的脖子和腳都套上**枷鎖**，讓你只能喝海水、吃貝殼、樹根和穀皮。過來！」

「不！」斐迪南拔劍抵抗。不過，在那一瞬間，普洛斯帕羅就對他施了魔法。斐迪南當場像個雕像，站在原地動彈不得。米蘭達相當害怕，她急忙拜託父親饒了

**枷鎖**
懲罰犯罪者的刑具之一。以鐵或木頭製成，套在脖子或手腳上，使人無法自由行動。

她的戀人。普洛斯帕羅斷然拒絕了女兒的請求，把斐迪南帶到自己的小屋。

普洛斯帕羅讓王子做一些粗活，要他搬動幾千根沉重的木頭，並把木頭堆好。斐迪南咬牙撐著，只要心愛的米蘭達能同情他，對他而言就是最好的回報了。

米蘭達非常心疼斐迪南，想替他分擔一些工作，王子卻怎麼也不肯讓她幫忙。同時，斐迪南也無法對米蘭達隱瞞自己的心意。米蘭達得知後，高興的答應要成為他的妻子。

心滿意足的普洛斯帕羅不再奴役王子，滿心歡喜的同意了他們的婚事。普洛斯帕羅對斐迪南說：

「米蘭達就交給你了。」

另一方面，安東尼奧和賽巴斯汀漂流到小島的某處，正計畫要殺害拿坡里國王阿隆索。他們以為斐迪南已經遇難了，只要阿隆索一死，賽巴斯汀就能繼承王位。若不是艾利爾在千鈞一髮之際喚醒阿隆索，就要讓他們得逞了。

艾利爾對這三個人設下許多圈套，先在他們面前變出一桌美味佳餚，他們正要開動時，艾利爾在雷電交加中化身為**鳥身人面**的妖怪；下個瞬間，那桌佳餚又不見了，艾利爾指責三人過去犯下的罪行後，就消失得無影無蹤了。

普洛斯帕羅利用魔法，讓三人來到小屋外的樹林。他們就像等著上刑台的犯人一樣顫抖著，為自己犯下的罪深感懊悔。

普洛斯帕羅決定最後再使用一次魔法。他說道：

我將折斷這支魔杖，
深埋地底；
將我的魔法書
沉入深不可測的海中。

**鳥身人面**

一種怪物，長著女人的臉和尖銳而彎曲的爪子，身體則像禿鷹。傳說中，鳥身人面會襲擊餐桌，把看到的東西全部吞下，還會發出刺耳的叫聲。

伴隨空中優美的音樂，普洛斯帕羅穿著一襲彰顯公爵身分的服裝，出現在眾人面前。既然這三人已經後悔了，普洛斯帕羅決定原諒他們。他說起自己和當時仍是女嬰的米蘭達坐上小船，漂流到這座小島以來的生活。

三人之中，阿隆索對於自己過去的罪過最感到後悔，失去繼承人讓他意志消沉。不過，普洛斯帕羅隨即拉開窗簾，讓他看見斐迪南和米蘭達正在下**西洋棋**的模樣。

阿隆索沒想到還能和心愛的兒子見面，**喜出望外**。他得知和斐迪南下西洋棋的美麗女孩是普洛斯帕羅的女兒，兩個年輕人也已經決定結婚時，他說：

「孩子，握著我的手。讓不願祝福你們的人，心中都被悲傷盤據吧。」

**西洋棋**
一種棋類遊戲。兩人各持十六個棋子，在棋盤上交互移動，逼近對手的國王；每種棋子都有固定的移動方式。下西洋棋也是宮廷裡情侶約會時的活動之一。

**喜出望外**
發生意想不到的好事，感到特別高興。

故事有了美好的結局，船也安穩的停在港口，隔天，所有人都坐上船回到了拿坡里。斐迪南和米蘭達將在那裡舉行盛大的婚禮。

在艾利爾的守護下，這趟航程一路風平浪靜。而長期不在米蘭的普洛斯帕羅，也恢復了米蘭公爵的身分，米蘭忠心的臣民熱烈的歡迎他。

普洛斯帕羅雖不再使用魔法，卻過得非常幸福。他不僅取回了屬於自己的人生，更重要的是，安東尼奧等人雖然十惡不赦、曾經危及普洛斯帕羅的生命，當他們落入他手中時，普洛斯帕羅並沒有選擇復仇，而是仁慈的寬恕了他們。

至於艾利爾，普洛斯帕羅也讓他自由了。艾利爾現在就像風一樣，可以去任何想去的地方。他以輕快的心唱著歌：

我和**蜜蜂**一樣吸著花蜜，

貓頭鷹啼叫時
**西洋櫻草**的花瓣是我的床，
我乘蝙蝠飛翔
追趕夏天，
如今我要快樂的
生活在繽紛的花叢之下。

**蜜蜂**
由於蜜蜂能採食花粉和花蜜，製造出有營養的蜂蜜，早在五千年前，人類就懂得利用蜜蜂。

**西洋櫻草**
多年生草本植物。顏色非常豐富，春季會開出紅、黃、藍、白、紫色等各種顏色的花。

# 威尼斯商人

# 人物關係圖

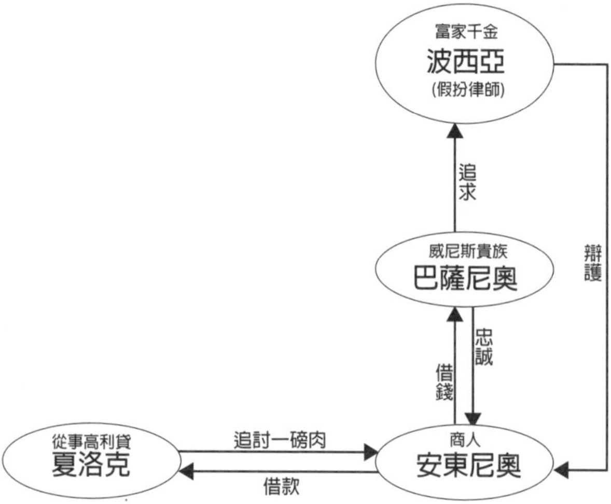

安東尼奧是一位富裕的商人，住在義大利的**威尼斯**。他的商船幾乎走遍了世界各地，和葡萄牙、墨西哥、英國、印度都有生意上的往來。安東尼奧家財萬貫，為人也相當慷慨，若是朋友有困難，他都非常樂意幫助他們。其中，巴薩尼奧是安東尼奧最親近的朋友，也受到安東尼奧最多幫助。

巴薩尼奧是一位開朗又勇敢的紳士，對金錢卻揮霍無度。等他發現的時候，不僅自己的財產所剩無幾，連向別人借的錢也還不出來了。於是，巴薩尼奧又去找安東尼奧，請安東尼奧再多借他一些錢。

巴薩尼奧說：

「安東尼奧，無論在友情或金錢上，你都是最照顧我的朋友。我有個計畫，只要你再借我一點錢，我就能

**威尼斯**

由威尼斯灣裡的許多島嶼構成的城市。城市裡有無數條運河，河運相當發達，橋樑多達四百座。西元十五至十六世紀之間，曾是繁榮的威尼斯共和國的所在地。

把你之前借我的錢全部還清。」

安東尼奧回答：

「有什麼我能幫上忙的，你儘管說吧。」

巴薩尼奧接著說：

「在貝爾蒙，有一位女子繼承了一大筆遺產，世界各地都有追求者聞風前來。那位女子不僅富有，還很美麗又溫柔。我曾和她見過面，她對我也頗有好感。只要能前往她居住的貝爾蒙，我就有信心打敗那些追求者，贏得美人芳心。」

「我的財產全都在海上了，」安東尼奧說：「現在手邊沒有錢。不過，幸好我在威尼斯的信用不錯。你需要多少，我去借給你吧。」

當時，威尼斯住著一位放高利貸的有錢人，名叫夏洛克。安東尼奧非常討厭夏洛克，他瞧不起夏洛克放高利貸謀利，對夏洛克的態度極其粗魯、輕蔑。每當夏洛克找上門來，安東尼奧一定會像對待野狗一樣把他趕走，甚至還會吐他口水。

夏洛克無論受到怎樣的侮辱，都只是聳聳肩、默默忍受，但是在他內心深處，其實很想對安東尼奧——這個在他眼中是既富裕又裝模作樣的商人報仇。安東尼奧不僅傷了夏洛克的自尊心，還妨礙他做生意。

「要不是那個傢伙，我一定還能多賺五十萬金幣。他不但公然指責我收的利息太高，更可惡的是，他借錢給別人還不收利息。」夏洛克如此認為。

因此，當巴薩尼奧和安東尼奧來找夏洛克，請他以三個月為限，借三千金幣給安東尼奧時，夏洛克藏起心中的恨意，對安東尼奧說：

「雖然你一直對我很粗魯，我還是想跟你成為朋友，希望你會對我改觀。我可以借你錢，而且不收利息。不過，就當作是開個小玩笑吧，請你立下一張借據，上面註明三個月的期限一到，你沒能還錢的話，我就有權從你身上任選一處，割下一磅肉來。」

「不行！」巴薩尼奧對安東尼奧說：

「我不能讓你為了我冒這麼大的風險。」

「別擔心。」安東尼奧說：

「還款期限的一個月前，我的船隊就會回來了。我就在借據上簽名吧。」

就這樣，巴薩尼奧籌措到前往貝爾蒙的費用，去向美麗的波西亞求婚了。就在巴薩尼奧啟程的那天晚上，夏洛克心愛的女兒潔西卡和情人一起私奔了。潔西卡從父親的積蓄中，拿走了好幾個裝著金幣和寶石的袋子。夏洛克被悲傷和憤怒沖昏了頭，他對女兒由愛生恨，咬牙切齒的說：

「竟然敢偷走寶石，我恨不得看她死在我的腳邊！」

現在，夏洛克唯一的安慰就是安東尼奧損失慘重的消息了。據說海上起了暴風雨，安東尼奧的船隊有好幾艘船都沉了。

夏洛克說：

「現在該拿借據去向他催討了。」

另一方面，巴薩尼奧一來到貝爾蒙，立刻去拜訪了美麗的波西亞。如同巴薩尼奧對安東尼奧說過的，聽聞波西亞既富有又美麗，各方追求者不斷前來。

波西亞給予所有追求者同樣的答覆：必須照著她父親的遺言發誓，她才會接受求婚。這個條件把許多熱情的追求者嚇跑了。遺言的內容是這樣的：想贏得波西亞的芳心，就必須從三個盒子中，猜出哪個放著波西亞的畫像。猜中的話，波西亞就會嫁給那個人。猜錯的人，今後都不能和任何人結婚；除了發誓絕不能說出自己選了哪一個盒子，還必須立刻離開。

三個盒子分別由金、銀和鉛打造。金盒子上，刻著這麼一句話：

「選擇這個盒子的人，可以得到許多男人想要的東西。」

銀盒子上刻著這一句：

「選擇這個盒子的人，可以得到最適合他的東西。」

鉛盒子上則刻著：

「選擇這個盒子的人，必須賭上他擁有的一切來試試手氣。」

皮膚黝黑、英勇的摩洛哥國王是最先接受考驗的追求者，他選擇了金盒子，他說，低俗的鉛或銀不配放進波西亞的畫像。結果，金盒子裡放著許多男人想要的東西——骷髏頭。

接著，輪到傲慢的亞拉岡國王了，他說：

「我想得到適合我的東西，那位女子的確也很適合我。」

於是，亞拉岡國王選擇銀盒子。盒子裡放著**小丑**的頭。國王大喊：

「難道我只配得到小丑的頭嗎？」

最後，輪到巴薩尼奧了。波西亞也愛著巴薩尼奧，就像巴薩尼奧愛著她一樣。她擔心巴薩尼奧會選錯盒子，想盡量延後巴薩尼奧選盒子的順位。

「不過，」巴薩尼奧說：

「還是請妳現在就讓我選盒子吧。再這樣等下去，簡直比被**拷問**更難熬。」

**小丑**

用滑稽的動作和話語逗人發笑的人物，起源於中世紀的歐洲。當時不但有小丑所演出的話劇，皇宮裡也有侍奉國王的宮廷小丑。

**拷問**

以各種會讓嫌犯感覺痛苦的方式，逼迫嫌犯坦白。西元十一至十三世紀出現了各式各樣的刑具，使拷問的方式變得更加殘酷。

於是，波西亞叫侍從把樂隊帶進來，在她那勇敢的愛人選盒子時為他演奏。

巴薩尼奧照著波西亞父親的遺言發誓之後，走向那三個盒子，樂隊為他演奏著輕柔的音樂。

巴薩尼奧說：

「光憑外觀來選擇盒子，太過草率了。世人總是被華麗的外表所迷惑。浮誇的金、閃閃發亮的銀都不適合我，我選擇鉛盒子，希望會有好結果！」

巴薩尼奧打開鉛盒子一看，裡面正是波西亞的美麗畫像。巴薩尼奧轉向波西亞，問她是不是真的屬於他了。

「是的。」波西亞回答：

「我已經屬於你了。還有，我的家產也是你的了。我把我的一切，連同這只戒指一起獻給你，希望你永遠不要把戒指摘下來。」

巴薩尼奧高興得說不出話。他對波西亞發誓，有生之年絕不會把戒指摘下來。

然而，幸福的時光很快就被一則悲傷的消息打斷了。從威尼斯來的人告訴他們，安東尼奧破產了，夏洛克要求公爵執行借據的內容。

波西亞聽見丈夫的朋友遭遇危險，也和巴薩尼奧一樣擔心。波西亞說：「請你現在就帶我到教堂，讓我成為你的妻子。然後，你要立刻趕回威尼斯解救你的朋友。我會讓你帶上一大筆錢，還清二十次借款都綽綽有餘。」

剛完婚的丈夫出發之後，波西亞也隨後跟上。她假扮律師來到了威尼斯，由有名的律師貝拉里歐將她引薦給威尼斯公爵。貝拉里歐是威尼斯公爵為了解決法律問題而請來的律師。

開庭時，巴薩尼奧對夏洛克說，只要夏洛克撤回割下一磅肉的要求，願意還他兩倍的錢。壞心眼的高利貸夏洛克卻這麼回答：

就算你把六千金幣的每一枚分成六等分，
每一份又成為一枚金幣，
我也不會接受，

借據怎麼寫就怎麼辦。

這時，假扮成律師的波西亞來到法庭，就連丈夫也認不出她。由於有貝拉里歐的介紹，公爵請波西亞進來，把這起事件交由波西亞來裁決。

波西亞先說了一段動人的話，請夏洛克大發慈悲。然而，夏洛克對波西亞的懇求充耳不聞。他答道：

「我就是要安東尼奧的一磅肉。」

於是，波西亞問安東尼奧：

「你還有什麼話要說嗎？」

「我沒有什麼好說的。」安東尼奧回答：

「我已經準備好了。」

接著，波西亞轉向夏洛克，對他說：

「法庭宣判，你可以取安東尼奧的一磅肉。」

「好一位公正的裁判！」夏洛克高興的大叫：

「判決出爐了，快準備刀子吧。」

「等等。這張借據上只寫著安東尼奧的一磅肉，你可沒有權利拿他一滴血。因此，要是你讓他流出一滴血來，根據法律，你的財產就要全部充公。」

夏洛克害怕了，他說：

「那麼，我接受剛才巴薩尼奧提出的條件。」

「不行。」波西亞嚴厲的說：

「你只能拿借據上寫的東西。照你所說的，切下一磅肉吧。不過，你可別忘了，要是你切得太多或太少，哪怕只差一根頭髮的重量，法律就會判你死刑，你的財產也會充公。」

此時，夏洛克已經嚇壞了：

「我只要安東尼奧欠我的三千金幣就好，還錢之後就放了他吧。」

巴薩尼奧正準備付錢，波西亞又開口了：

「不行！除了借據上寫的東西以外，什麼都不能給他。」

波西亞接著對夏洛克說：

「你原是名外國人，卻想謀害威尼斯市民的性命，根據威尼斯的法律得要判死刑並沒收財產。勸你跪下來，請求公爵的寬恕吧。」

就這樣，情勢逆轉了。若不是有安東尼奧求情，夏洛克可能不會被輕判。最後，夏洛克的財產一半充公，另一半則由安東尼奧保管，等夏洛克死後再交給他女兒的丈夫。夏洛克不得不接受這個判決。

為了感謝這位聰明的律師，巴薩尼奧雖然和妻子約定永不摘下戒指，他仍照著律師的要求，將妻子給他的戒指交出去了。巴薩尼奧回到貝爾蒙之後，向波西亞坦承戒指已經給了別人。波西亞假裝十分生氣，她對丈夫說，要是戒指拿不回來，就永遠不跟他和好。經過一段波折之後，波西亞才告訴巴薩尼奧，是她假扮律師拯救了安東尼奧的性命，拿走戒指的也是她。於是，巴薩尼奧獲得原諒，他覺得比以往更幸福，因為他終於知道，他從鉛盒子裡抽到的是多麼珍貴的獎品。

# 仲夏夜之夢

# 人物關係圖

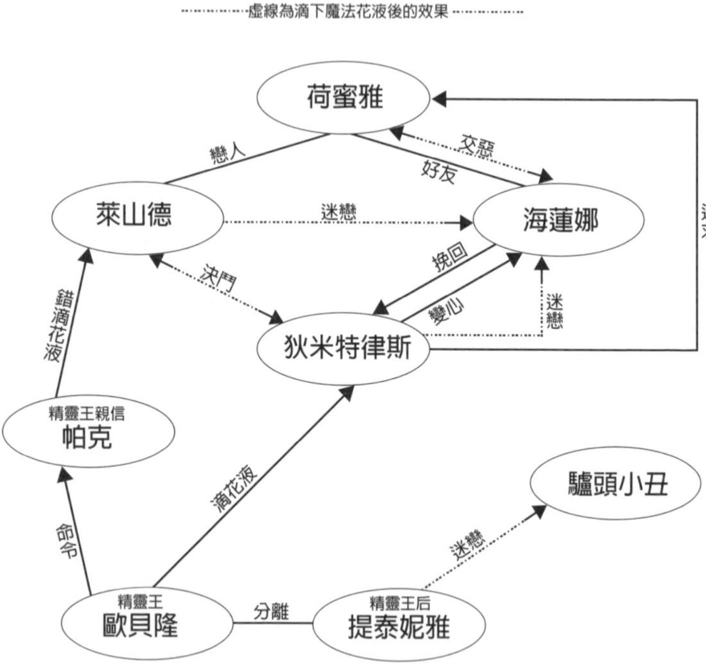
虛線為滴下魔法花液後的效果
荷蜜雅
戀人
交惡
好友
萊山德
迷戀
海蓮娜
追求
決鬥
挽回
變心
迷戀
狄米特律斯
錯滴花液
精靈王親信
帕克
驢頭小丑
滴花液
命令
迷戀
精靈王
歐貝隆
分離
精靈王后
提泰妮雅

荷蜜雅和萊山德是一對情侶。然而，荷蜜雅的父親想把女兒嫁給一位名叫狄米特律斯的男子。

當時，**雅典**城有一條不通人情的法律。根據那條法律，如果女兒不依照父親的安排結婚，就會被判處死刑。荷蜜雅的父親，因為女兒不順從他的意思非常生氣，把女兒帶到雅典公爵面前，告訴她若是再不聽話，就要請公爵處死她。公爵給荷蜜雅四天時間考慮，四天後，假如荷蜜雅仍不答應和狄米特律斯結婚，她就必須死。

萊山德聽到這個消息非常難過，幾乎沒辦法冷靜思考。不過，他想起他的姑媽住在城外，而那條殘酷的法律只有在雅典城內有效，因此最好的方法就是兩個人一起逃到姑媽家，這樣他就可以跟荷蜜雅結婚了。

**雅典**

希臘首都，自古就是繁榮的大規模城市，也是古文化的發源地，孕育出蘇格拉底等眾多哲學家、藝術家。

不過，荷蜜雅在逃走前，不經意的把私奔的計畫告訴了她的好朋友海蓮娜。

在荷蜜雅的父親要她嫁給狄米特律斯之前，海蓮娜和狄米特律斯曾經是一對情侶。愛情總是讓人盲目，嫉妒心作祟的時候更是如此。海蓮娜並不明白，狄米特律斯要和荷蜜雅結婚這件事，不是荷蜜雅的錯。

海蓮娜只知道，如果她把荷蜜雅即將逃到雅典城外森林的計畫告訴狄米特律斯，狄米特律斯一定會把荷蜜雅追回來。

海蓮娜自言自語：

「我可以跟在他後面，這樣，至少就有機會和他見面了。」

於是，海蓮娜去找狄米特律斯，把她和荷蜜雅之間的祕密告訴他。

萊山德和荷蜜雅約定碰面的那座森林裡住著許多精靈，但人類的眼睛無法看見。精靈大多非常聰明，只是有時也會像人類一樣做出一些愚蠢的行為。

那天晚上，精靈王歐貝隆和精靈王后提泰妮雅來到了這座森林。歐貝隆和提泰妮雅原本過得非常幸福，卻因故大吵一架，幸福也全都化為烏有了。他們一見面就爭執不下，口不擇言、咒罵對方，旁邊的小精靈害怕的紛紛躲進橡樹的果實裡。

由於這個緣故，他們兩人不再一起過著幸福的宮廷生活，也不再像平常那樣，整個晚上在月光下跳舞。精靈王帶著他的侍從們在森林一側散步，精靈王后則是帶著她的侍女們在另一側生悶氣。

精靈王和王后吵得不可開交，都是為了**提泰妮雅偷換來的**一個印度小男孩。歐貝隆想讓那個男孩成為自己的侍從，將他培育成精靈騎士，但王后說什麼也不肯把男孩交給精靈王。

那個夜晚，月光下長滿青苔的林間空地上，精靈王和王后相遇了。精靈王說：

「遇見妳真是煞風景啊，驕傲的提泰妮雅。」

**提泰妮雅偷換來的**

傳說精靈有一種習性，只要發現可愛的小孩，就會把小孩擄走，留下醜陋的小孩或木棒。

「唉呀！這不是愛吃醋的歐貝隆嗎？」王后回答：

「你這只會找我麻煩，把一切都搞砸了的傢伙。精靈們我們走吧，快離開歐貝隆！我現在不想理會他。」

「要言歸於好，就看妳怎麼做了。」精靈王說：

「快把那個印度小男孩給我吧。和好之後，我就會像僕人一樣聽妳的話、像追求者一樣對妳獻殷勤的。」

「你死了這條心吧。」王后說：

「就算用整個精靈王國來交換，你也不能從我手中得到那個男孩。精靈們，我們走！」

王后說完，和她的侍女們騎著馬，在月光下揚長而去。

「好啊，隨妳高興。」精靈王說：

「不過，在妳離開這座森林之前，我一定要讓妳嘗到苦頭！」

於是，歐貝隆叫來他最寵愛的精靈帕克。帕克是喜歡惡作劇的精靈，有時他會潛入酪農家裡偷走奶油，或是進入製作奶油的罐子裡，讓奶油做不成；有時他會把啤酒弄酸。他也會讓夜裡趕路的人迷路、嘲笑他們。有人要坐下時，他就突然把椅子抽走；有人在喝熱麥芽酒時，他就把杯子打翻，弄濕那個人的下巴……總之，他所做的盡是這一類的惡作劇。

歐貝隆對這位小精靈說：

「去幫我摘一朵名叫『懶惰之戀』的花，把那種紫色小花的汁液滴入睡著的人們眼中，等他們醒來時，第一眼看見什麼就會愛上什麼。我要把這種花液滴到提泰妮雅的眼睛裡。等她醒來，無論看見的是獅子、棕熊、野狼、公牛，或是愛搗蛋的猴子、靜不下來的猩猩，她都會愛上對方的。」

帕克離開的這段時間，狄米特律斯在海蓮娜的糾纏下，經過這一片林間空地。海蓮娜不斷說著她是多麼愛狄米特律斯，企圖讓他回想起他們曾有過的約定。然而，狄米特律斯堅持自己不愛海蓮娜、也沒辦法愛她，那些約定根本不值得一提。

歐貝隆很同情可憐的海蓮娜，帕克把花摘回來後，他命令帕克跟著狄米特律斯，等他睡著，就把花液滴在他眼中。狄米特律斯醒來後，就會像海蓮娜愛著他一樣，也愛著海蓮娜，眼神中充滿愛意。

然而，當帕克在森林裡來回尋找精靈王所說的那位年輕人時，他找到的不是狄米特律斯，而是熟睡的萊山德。帕克錯把花液滴在萊山德眼中了。萊山德醒來時，他看見的也不是自己心愛的荷蜜雅，而是海蓮娜。當時，海蓮娜正在森林裡尋找對她十分無情的狄米特律斯。在紫色小花的魔力下，萊山德一看見海蓮娜就愛上她，拋棄了原本的戀人。

睡在萊山德旁邊的荷蜜雅醒來之後，發現萊山德不見了。於是，荷蜜雅在森林裡來回尋找萊山德的身影。

帕克回來後，向歐貝隆報告他完成了任務。不過，歐貝隆很快就發現帕克弄錯人了。歐貝隆立刻找到狄米特律斯，把花液滴在他眼中。當狄米特律斯醒來時，第一眼看見的又是海蓮娜。

因此，狄米特律斯和萊山德都愛上海蓮娜了，兩人一起在森林裡追著她。而荷蜜雅就像剛才的海蓮娜一樣，追著她的戀人跑。於是，海蓮娜和荷蜜雅起了爭執，狄米特律斯和萊山德也為了爭奪海蓮娜，到一旁決鬥了。

歐貝隆原本出於好意想幫助這兩對情侶，卻導致如此糟糕的局面，他感到過意不去。歐貝隆對帕克說：

「這幾個年輕人正在為愛爭執。你來製造一陣濃霧，把他們四個人分開，讓誰也看不見誰。等他們累壞了就會睡著，到時，你就把另一種藥草的汁液滴在萊山德眼中。這麼一來，萊山德的視線就會恢復正常，對荷蜜雅的愛也會失而復得。於是，兩名男子都能和喜歡自己的女性在一起，他們四人也會把剛才發生的事，當成夏日夜晚的一場夢，真是可喜可賀啊。」

帕克來到四個年輕人身邊，按照歐貝隆的吩咐，用一陣濃霧，讓兩對情侶都看不見彼此。等他們睡著後，帕克一邊把藥草汁液滴在萊山德眼中，一邊說道：

望向戀人的眼眸，
真心的喜悅倒映其中，
真情的戀人
從此不再愛錯。

另一方面，歐貝隆看見提泰妮雅睡在堤防上，堤邊長滿了野生的**百里香**、**櫻草**、**堇**、**忍冬**和薔薇。提泰妮雅裹著閃閃發亮的蛇皮，在那裡小睡片刻。歐貝隆彎下腰，把花液滴在她眼中。他說：

妳醒來時看見什麼，
那就是妳的戀人。

**百里香**

高度約十五至二十公分，夏季會開出成團的紅紫色小花。植株有香味，西式料理中，常將葉子和樹枝當成香料使用。

提泰妮雅醒來後第一眼看到的，恰好是個愚笨的小丑。那天晚上，有幾個街頭藝人來到森林練習表演，小丑也是其中的一個。帕克惡作劇讓他戴著一頂蓋住肩膀的**驢子**頭，簡直像原本就長在他的脖子上一樣。

提泰妮雅一睜開眼睛，就看見這個可怕的怪物，但提泰妮雅卻說：

「這是哪來的天使呢？你長得這麼好看，是不是也一樣聰明呢？」

愚笨的小丑說：

「要是我聰明得能找到走出森林的路，我就心滿意足了。」

提泰妮雅則說：

「請你別說要離開森林。」

**櫻草**

**堇**

春季時會開出紫、白、黃等顏色的花，在西方被視為愛與純潔的象徵。

花液的魔力發揮了作用，對現在的提泰妮雅而言，小丑是世界上最英俊、優秀的人了。

「我愛你。」提泰妮雅接著說：

「跟著我來吧，我會叫我的精靈侍女們服侍你的。」提泰妮雅叫來四位精靈。她們的名字分別是「豆苗花」、「蜘蛛巢」、「蛾翅膀」和「**罌粟**籽」。

「精靈們，你們要好好伺候這位紳士。」王后說：「你們去拿**杏**子、**露莓**、紫色葡萄、綠色無花果和桑椹，再到蜂巢偷蜂蜜來。在他睡覺的時候，用上了色的蝴蝶翅膀為他遮住月光。」

「是，王后。」其中一位精靈答道，另外三位也跟著回答。

「來，我們坐在一起吧。」王后對小丑說：

**忍冬（第88頁）**

多年生攀附植物，莖會纏繞於物體上。初夏時會開白色和桃色的花，且有香味。

**驢子（第89頁）**

既強壯也能夠忍受嚴苛的環境，早已被馴化為家畜。此外，也是「愚笨」和「頑固」的象徵。

「讓我摸摸你英俊的臉龐，在你那柔順又有光澤的頭髮上裝飾**麝香玫瑰**，再讓我親吻你那漂亮的大耳朵吧，我的愛人。」

戴著驢子頭的小丑問：「『豆苗花』在哪兒？」

小丑雖然不在乎女王的愛意，有精靈可以使喚卻讓他感到得意。

「是的，先生。」豆苗花回答。

「幫我搔搔頭吧。」小丑又說：

「『蜘蛛巢』在哪兒？」

「是的，先生。」蜘蛛巢回答。

「去殺死停在那裡的紅色蜜蜂，把蜂蜜拿來。『罌粟籽』在哪兒？」

「是的，先生。」罌粟籽回答。

**罌粟（第90頁）**

初夏時會開紅、紫、白等顏色的大花，種子可以食用，常用於製作料理和點心。

「唔，我沒有什麼事要叫你做的。」小丑說：

「你就和豆苗花一起幫我抓抓癢吧。我該剪頭髮了，臉上好像毛茸茸的。」

精靈王后問小丑：

「你想吃點什麼呢？」

小丑說：

「我想吃高級的燕麥乾。」

戴著驢子頭的小丑，居然也吃起驢子的食物了。

「再給我一些乾草吧。」

「要不要叫我的小精靈，從松鼠的巢替你撿一些新鮮果實來呢？」王后問。

小丑說：

「不了，如果有上等的豌豆乾，我倒想吃一些。」

**杏（第90頁）**

落葉喬木，春季會開淡紅色的花。果實和梅子相似，可以曬乾後食用、或用來製作果醬及釀酒。

「不過，你們也別管我了，我有點想睡了呢。」

王后說：

「那麼，你就躺在我的懷裡睡吧。」

歐貝隆來到提泰妮雅面前時，這位美麗的王后正對小丑又親又抱。

在解開王后的愛情魔法前，歐貝隆終於說服王后，將他期盼已久的印度小男孩讓給他。達到目的的歐貝隆同情起王后來，把解除魔法的花液滴入提泰妮雅美麗的雙眸。提泰妮雅忽然看清了眼前的一切，發現自己多麼愚蠢，居然愛上一個戴著驢子頭的小丑。

歐貝隆把小丑的驢子頭脫掉，讓小丑以自己本來的面貌，躺在百里香和堇的花叢裡睡個夠。

就這樣，森林恢復了原本的秩序。歐貝隆和提泰妮

**露莓（第90頁）**

夏末到秋季是果實的成熟期，滋味酸甜，可用於製作點心或生吃。

雅比以前更加相愛；狄米特律斯的眼中只有海蓮娜，海蓮娜也只認定狄米特律斯是她的戀人。

至於荷蜜雅和萊山德，他們的感情實在太好了，就算在精靈棲息的森林裡走上一整天，也找不到像他們這麼相愛的情侶了。

之後，兩對戀人回到雅典城結婚，精靈王和王后也在那座森林裡過著幸福快樂的日子。

**麝香玫瑰（第92頁）**

薔薇科植物。莖上有刺，夏季時會開出帶有香氣的白色花朵。

# 冬天的故事

# 人物關係圖

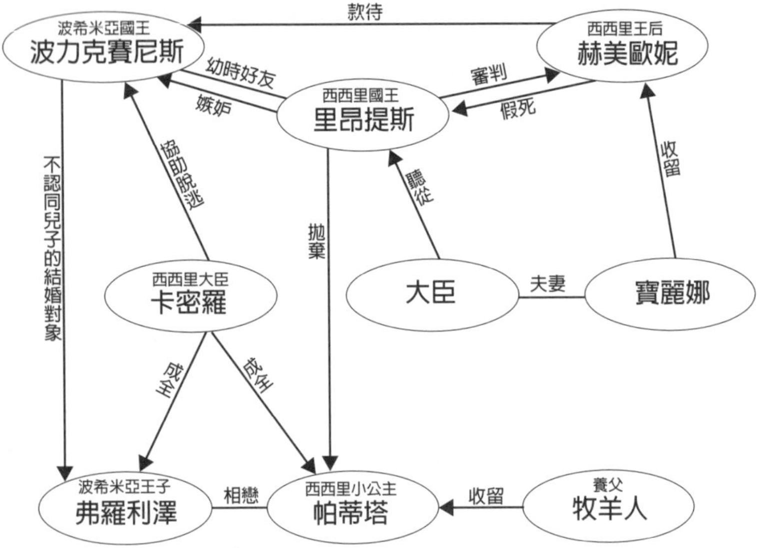
款待
波希米亞國王
波力克賽尼斯
西西里王后
赫美歐妮
幼時好友
嫉妒
審判
假死
西西里國王
里昂提斯
不認同兒子的結婚對象
協助脫逃
拋棄
聽從
收留
西西里大臣
卡密羅
大臣
夫妻
寶麗娜
成全
成全
波希米亞王子
弗羅利澤
相戀
西西里小公主
帕蒂塔
收留
養父
牧羊人

里昂提斯是**西西里**國王，而他最要好的朋友波力克賽尼斯是**波希米亞**國王。兩人從小一起長大，成年後才第一次和彼此分別，各自統治自己的國家。歲月流逝，兩個人都結了婚也都有了一個兒子。波力克賽尼斯這時才再度前往西西里，拜訪好久不見的里昂提斯。

里昂提斯的個性剛烈，有點不明事理，他無故懷疑自己的妻子赫美歐妮愛上了波力克賽尼斯。里昂提斯心裡一旦出現這種想法，就很難改變了。

里昂提斯命令一位大臣卡密羅，在波力克賽尼斯的紅酒裡下毒。卡密羅想盡辦法說服里昂提斯，請他不要做出這麼殘忍的事。然而，卡密羅知道國王的心意不會輕易改變，他只好假裝接受國王的指示，並對波力克賽尼斯透露國王想毒死他的企圖。當天晚上，卡密羅就和

**西西里**

西元十二世紀時，位於義大利半島南端、地中海的最大島嶼——西西里島上的西西里王國。一八六〇年和薩丁尼亞王國合併。

**波希米亞**

西元十至十四世紀，神聖羅馬帝國中的王國之一。位於擁有豐富農業和礦物資源的伏爾塔瓦河流域，現在則屬於捷克共和國。

波力克賽尼斯一起逃出西西里的宮廷，回到波希米亞。此後，卡密羅便成為波力克賽尼斯的親信。

里昂提斯把王后關進了監牢。不久之後，王后就在牢裡生了一個女兒。王后的好朋友寶麗娜替嬰兒穿上最好的服裝，把她抱到國王面前。寶麗娜心想，國王看了天真可愛的小女兒，就會對心愛的王后心軟了吧。更何況，王后也沒有做出對不起國王的事，她對國王的愛，遠遠超過國王應得的。

然而，國王說什麼也不肯看小女兒一眼，他命令寶麗娜的丈夫帶著嬰兒坐船出海，把嬰兒丟在荒涼的地方。寶麗娜的丈夫只好聽從國王的命令。接著，為了審判王后愛上波力克賽尼斯的私通罪，國王命人把王后帶出監牢。事實上，王后除了自己的丈夫里昂提斯之外，根本沒有對任何人動心。里昂提斯派使者前往**阿波羅神**殿，請示自己是否誤會了王后，不過，他連等待的耐心都沒有，使者回來時，審判已經進行到一半了。阿波羅神的神諭是這樣的：

「赫美歐妮是貞潔的王后，波力克賽尼斯也沒有罪過。卡密羅是忠心的臣子，里昂提斯是多疑的暴君。若不把失去的東西找回來，國王將永遠沒有繼承人。」

這時，一名男子走了進來。他告訴國王，年幼的王子看見母親遭到不當、殘忍的對待，悲傷過度而去世了。可憐的王后聽到噩耗，當場倒下。國王也明白自己有多麼狠心，他吩咐寶麗娜和其他侍女把王后帶下去好好照顧。但過了不久，寶麗娜便回來告訴國王，赫美歐妮也去世了。

里昂提斯終於明白自己的行為有多麼愚蠢。王后和王子相繼去世，就連唯一能安慰自己的小女兒也被他拋棄，或許已經變成野狼或老鷹的食物，他已經一無所有。此後，里昂提斯便沉浸在悲傷和悔恨之中。

還是嬰兒的小公主被遺棄在波希米亞的海岸，那裡

**阿波羅神**

希臘神話中的文藝之神，也是會懲罰人類、淨化罪惡的神。希臘古城德爾菲有阿波羅神的神殿，女祭司透過被神附身或占卜等方式，將得到的神諭傳達給人們。

正是波力克賽尼斯統治的王國。寶麗娜的丈夫沒能回到故鄉，向里昂提斯報告他如何處置嬰兒。他正要回到船上時，樹林裡突然衝出一隻熊，把他咬死了。

所幸，小女嬰很幸運，一名牧羊人發現了她。女嬰身上穿著高貴的衣服，還鑲著幾顆寶石；斗篷上則用別針別著一張紙，上面寫著女嬰的名字叫做帕蒂塔，她的雙親是身分高貴的人。

心地善良的牧羊人把小嬰兒帶回家讓妻子瞧瞧。於是，夫妻兩人把帕蒂塔當成自己的孩子撫養長大。

帕蒂塔雖由牧羊人養育，但她遺傳了母親的高雅和魅力，因此，她的氣質和村子裡其他女孩完全不同。

多年後，帕蒂塔已經是一位亭亭玉立的少女了。善良的波希米亞國王的兒子——弗羅利澤王子，來到牧羊人家附近打獵，他看見了帕蒂塔。弗羅利澤隱藏王子的身分，假扮成名叫道利克斯的平民，與牧羊人成為好朋友。

從那天起，深深愛上帕蒂塔的弗羅利澤幾乎每天都來和帕蒂塔見面。

國王不知道兒子為什麼天天外出，派人監視之下，得知波希米亞國王的繼承人愛上了牧羊人家的美麗女兒。波力克賽尼斯想要親眼確認這件事，於是和卡密羅一起喬裝，來到年邁的牧羊人家裡。

兩人正好在剪羊毛的慶典時來到村子，雖然他們是從外地來的人，仍受到熱情的款待。大夥跳著一支又一支舞。有小販兜售著緞帶、**蕾絲**和手套，年輕人都向他買東西送給戀人。

不過，弗羅利澤和帕蒂塔並沒有加入熱鬧的慶典，他們只是靜靜坐在一旁談心。國王察覺帕蒂塔氣質高雅、容貌出眾，但他怎麼也想不到，帕蒂塔就是他多年的好友——里昂提斯的女兒。國王對卡密羅說：

「我從沒在草原上看過這麼美麗的女孩。從她的舉

**蕾絲**
歐洲自古以來常用於服裝和飾品上的布料，以鏤空花紋為特色。

止可以看出，她比同樣身分的人高貴得多——以這個場合而言，顯得有些格格不入了。」

卡密羅說：

「的確，那個女孩就像是牧羊人裡的王后呢。」

弗羅利澤還不知道父親就在眼前，當他請這兩個陌生人替他和美麗的帕蒂塔證婚時，國王出面表明了自己的身分，並且反對這兩個年輕人結婚，甚至威脅如果弗羅利澤再和帕蒂塔見面，他就要把帕蒂塔和她的牧羊人父親處死。國王說完就離開了，不過，卡密羅還留在原地。卡密羅很欣賞帕蒂塔，他決定幫助這兩個年輕人。

卡密羅早就知道里昂提斯已經對自己過去的作為真心懺悔，而他也很想回到西西里看看以前的主人。卡密羅建議兩個年輕人前往西西里，尋求里昂提斯的庇護。

於是，弗羅利澤和帕蒂塔跟著卡密羅一起前往西西里，而牧羊人也帶著帕蒂塔的寶石、她被發現時穿的衣服與別在斗篷上的紙條，和他們一起出發。

國王里昂提斯親切的接待這一行人，也對弗羅利澤王子以禮相待。不過，國王的注意力都集中在帕蒂塔身上。看見帕蒂塔長得很像死去的赫美歐妮王后，他一再重複說著：

「要是我當年沒有殘忍的遺棄自己的女兒，她現在也差不多這麼大了。」

聽見國王這麼說，老牧羊人認為自己撫養長大的帕蒂塔一定就是公主，於是向國王說明一切，並把寶石和紙條拿給國王看，國王這才相信帕蒂塔就是他多年來遍尋不著的孩子。國王滿心歡喜的迎接女兒回來，並賜給善良的牧羊人一份厚禮。

波力克賽尼斯為了阻止兒子和帕蒂塔結婚，也追到西西里來了。不過，他得知帕蒂塔是老朋友的女兒時，他也打從心底感到高興，同意了這門婚事。

然而，里昂提斯仍感覺不到幸福。美麗的王后應該要在他身邊，和他一起分享女兒結婚的喜悅，卻因為他當年的冷酷無情而死了。想到這裡，里昂提斯有好一段時間說不出話來。他只能不斷喊著：

「噢！我對不起妳的母親、對不起妳的母親！」

里昂提斯乞求波希米亞國王的原諒，親吻了女兒和弗羅利澤王子，感謝老牧羊人所做的一切。

這些年來國王對寶麗娜一直十分禮遇，因為過去她給予死去的王后許多幫助。寶麗娜說：

「我有一座和死去的王后非常神似的雕像，是由義大利最傑出的雕刻家耗時數年刻成。我把那座雕像放在一個隱密的地點，自從陛下痛失王后以來，我每天都會去看雕像兩、三次。陛下，您想看看那座雕像嗎？」

於是，里昂提斯、波力克賽尼斯、弗羅利澤、帕蒂塔，以及卡密羅和他們各自的隨從，隨著寶麗娜來到她的家。牆上有一處挖空的地方，掛著一片厚重的紫色簾幕。寶麗娜手抓著簾幕，對大家說：

「王后生前的美貌無人能比。我敢肯定，以王后為範本的這座雕像，一定比陛下至今看過的任何雕像、比任何人工能製作出的東西更加美麗。那麼，各位請看吧——是不是刻得栩栩如生呢！」

寶麗娜說完便拉開幕簾，讓大家看看雕像的模樣。國王瞪大眼睛看著這座和死去的妻子一模一樣的雕像，說不出話來。

「陛下，您的沉默是最好的回答。」寶麗娜說：

「您的驚訝表露無遺。請您說說看，這座雕像是不是很像王后呢？」

「簡直就像王后本人站在這裡一樣。不過寶麗娜，赫美歐妮應該沒有這麼多皺紋，也更年輕一點。」

波力克賽尼斯也說：

「赫美歐妮王后應該更年輕一點才對。」

「噢！」寶麗娜說：

「這就是雕刻家高明的地方。他想呈現出王后現在還活著的話，會是什麼模樣。」

里昂提斯仍然盯著雕像，他的視線已經無法從雕像上移開了。

寶麗娜接著說：

「如果我知道這座雕像會讓陛下如此感傷，我就不讓陛下看了。」

國王卻只回答：

「別拉上簾幕。」

「不行，陛下，您不能再看了。」寶麗娜說：「否則您會以為雕像在動呢。」

「別拉上簾幕！讓我就這樣看著她吧！」國王說：「妳不覺得它在呼吸嗎？」

「讓我拉上幕簾吧。」寶麗娜說：「您把雕像當成活人了。」

「啊！求求妳，寶麗娜。」里昂提斯說：「讓我在接下來的二十年，都把它當作活人吧。」

「要是陛下能夠忍住不吃驚的話，」寶麗娜說：「我還能讓雕像動起來呢。它會從台座走下來，握住陛下的手。不過，請您不要認為我施了什麼邪惡的魔法。」

國王說：

「無論妳叫雕像做什麼，我都很樂意看一看。」

接著，雕像就在眾人驚嘆下動了起來。它從台座走下階梯，摟住國王的脖子。國王捧著雕像的臉，一次又一次親吻著它。原來，那不是雕像，而是活生生的赫美歐妮王后本人。

其實赫美歐妮一直都活著，她在寶麗娜的幫助之下，藏身在這棟房子裡。雖然知道里昂提斯已經後悔了，她卻遲遲不肯出現在丈夫面前。在得知小女兒的下落前，她還不能原諒丈夫殘忍的行為。

如今，已經找回了帕蒂塔，赫美歐妮也就原諒了丈夫所做的一切。對國王和王后而言，這次重逢就像新婚一樣美好。

弗羅利澤和帕蒂塔結婚了，從此過著幸福快樂的日子。對里昂提斯而言，經過長年的悔恨和心痛之後，能夠再次讓心愛的女人摟著自己，使他在那一瞬間得到了救贖。

# 第十二夜

## 人物關係圖

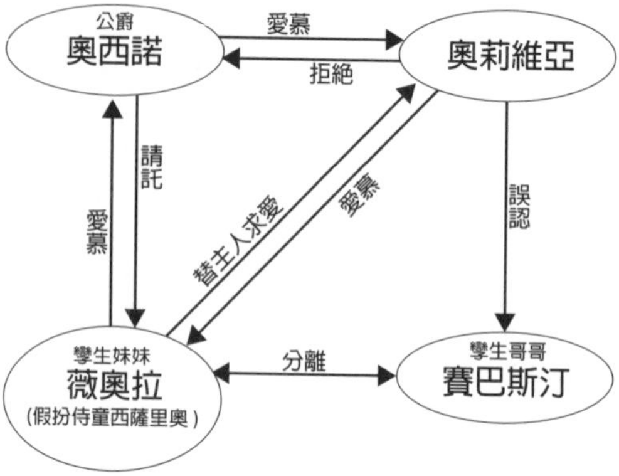
公爵
奧西諾
奧莉維亞
愛慕
拒絕
請託
愛慕
替主人求愛
愛慕
誤認
孿生妹妹
薇奧拉
(假扮侍童西薩里奧)
分離
孿生哥哥
賽巴斯汀

**伊利里亞**的奧西諾公爵深深愛著一位名叫奧莉維亞的女伯爵。不過，無論奧西諾如何表達愛意，都得不到回應。奧莉維亞對他的求婚不屑一顧。

奧莉維亞請公爵派來的使者回去轉告公爵，她的哥哥過世了，七年內她不會見任何人，她要像**修女**一樣蒙著**面紗**，以哀悼逝去的哥哥。她要沉浸在悲傷的回憶裡，永遠保存她對哥哥的愛。

公爵很希望有個對象，既能聽他訴說自己內心的難過，也能不厭其煩的聽他傾吐對奧莉維亞的愛，這樣的人正好出現了。

在伊利里亞海岸，有一艘大船遇到了船難。平安上岸的人之中，有船長以及一位美麗的女孩薇奧拉。不過，薇奧拉無法為自己獲救感到慶幸，因為她同在船上

**伊利里亞**

西元前五至一世紀左右，位於巴爾幹半島西北方、亞得里亞海東部沿岸的國家。在兩次伊利里亞戰爭中被羅馬消滅。

**修女**

信奉基督教，發誓一生清貧、貞潔、服從，過著嚴格的生活的女性。

的雙胞胎哥哥賽巴斯汀下落不明，對薇奧拉而言，賽巴斯汀就像生命共同體。薇奧拉和哥哥長得一模一樣，若不是兩人穿著不同的服裝，根本無法分辨。

船長安慰薇奧拉，他看見賽巴斯汀把自己綁在一根結實的船桅上，漂在海面上，一定還有希望獲救。

薇奧拉問船長自己身在何處，得知這裡是年輕的奧西諾公爵統治的國家，公爵不僅有很高的聲望，品德也十分高尚。薇奧拉決定女扮男裝，請公爵僱用她當**侍從**。

成功進入公爵家當侍從的薇奧拉，日復一日聽著奧西諾訴說他的愛情故事。一開始，薇奧拉非常同情公爵，可是沒多久，她的同情卻轉為了愛情。有一天，奧西諾突然想到，假如派這位俊俏的侍從去替他向奧莉維

**面紗（第113頁）**
遮住臉或頭部、有保護作用的薄布。服喪時使用的面紗多為黑色。

**侍從**
在具有身分地位的人物的宅邸裡，照顧主人生活起居及打雜，通常由少年擔任。

亞表達愛意說不定能有一絲希望。

薇奧拉雖然百般不願，還是照公爵的吩咐出門了。抵達奧莉維亞家時，薇奧拉被一位名叫馬波里奧的管家擋在門外。這位管家既傲慢又好管閒事，自尊心更是奇高無比。他按照女主人的吩咐，不讓薇奧拉進門。不過，薇奧拉（現在化名為西薩里奧）就算吃了閉門羹也不退縮，她堅持一定要和女伯爵說話。奧莉維亞對這位勇敢的年輕人起了好奇心，她想看看究竟是誰敢無視她的命令。她對管家說：

「我就再見一次奧西諾派來的人吧。」

薇奧拉來到奧莉維亞面前。奧莉維亞叫僕人退下之後，公爵派來的勇敢的侍從指責了奧莉維亞種種的不是。奧莉維亞不但不生氣聽著聽著竟然愛上這位名叫西薩里奧的年輕人了。薇奧拉離開之後，奧莉維亞無論如何都想給那位年輕人一個愛的信物，於是她叫馬波里奧去追那位年輕人。

「他忘了拿走這個。」奧莉維亞一邊脫下手上的戒指，一邊對管家說：

「我不想要這枚戒指，拿去還他。」

馬波里奧追了上去。薇奧拉當然清楚自己沒有忘了戒指，女人的直覺告訴她，奧莉維亞愛上女扮男裝的自己了。薇奧拉突然很感慨，公爵、奧莉維亞還有她自己，都得不到幸福，她抱著滿腔憂愁回到公爵的住處。

薇奧拉只能對公爵說一些稱不上安慰的話。奧西諾也只好聽一些柔美的音樂，來減輕自己的愛意受到侮辱的痛苦，薇奧拉則是靜靜站在一旁。

隔天早上，公爵問他的侍從：

「你應該也有喜歡的人吧？」

薇奧拉回答：

「是的，我喜歡上某個人了。」

公爵問：

「她是什麼樣的女子？」

薇奧拉回答：

「她跟您長得很像。」

公爵接著問：

「她的年紀多大了？」

薇奧拉坦率的回答：

「陛下，她的年紀和您相仿。」

「什麼！對方的年紀是否太大了？」公爵驚訝的喊道：

「女子應該要找一個比自己年長的丈夫。」

薇奧拉沉著的回答：

「是的，陛下。那樣是最好的。」

不久之後，奧西諾又請薇奧拉再去一趟奧莉維亞的住處，替他向奧莉維亞求婚。薇奧拉為了打消公爵的念頭，她對公爵說：

「如果有一位女子愛上了您，就像您愛著奧莉維亞那樣，您會怎麼辦呢？」

公爵回答：

「噢！那是不可能的。」

「不過，」薇奧拉接著說：

「女性對男性的愛，我倒是略知一二。我的父親還有一個女兒，她愛上了某位男性。那份愛，」薇奧拉紅著臉說：

「假如我是女人的話，也一定會同樣的愛著陛下。」

公爵問：

「能告訴我她的故事嗎？」

「陛下，我不清楚。」薇奧拉回答：

「她從來不說自己的事。不過，愛慕之心逐漸侵蝕了她粉紅的臉蛋，就像鑽入花蕊的蟲。她墜入情網，如同雕像那樣強顏歡笑。難道，這樣還不算是愛嗎？」

公爵又問：

「那位女孩因為相思病去世了嗎？」

薇奧拉一直以一種悲傷的語調，訴說自己對公爵的愛。她答道：

「我現在已經沒有兄弟也沒有姊妹了。我的父親剩下我一個孩子。陛下，我是不是該去拜訪那位小姐了？」

「快去、快去。」一提到奧莉維亞，公爵就把薇奧拉說的故事拋在腦後了。他說：

「這次，把這顆寶石送給她。」

薇奧拉出發了。這一次，可憐的奧莉維亞再也無法隱藏自己的心意，她直接對薇奧拉表白了。薇奧拉留下一句話就匆匆離開，她說：

「我不會再來了，我不想看到主人為了您流淚。」

薇奧拉雖然這樣發誓，卻也對奧莉維亞的行為感同身受。因此，無法自拔的奧莉維亞派人請求薇奧拉再次來訪時，薇奧拉也不忍心拒絕。

不過，奧莉維亞對這名侍從展現的愛意，卻讓她的追求者安德魯·艾古契克吃醋了。安德魯是個愚蠢的男人，奧莉維亞雖然拒絕了他的求婚，這段時間，他仍和奧莉維亞的舅舅托比一起住在她家。托比很喜歡惡作劇，他知道安德魯非常膽小，打算慫恿安德魯和西薩里奧決鬥，這樣他就有好戲可看了。於是，托比要安德魯親手把挑戰書交給西薩里奧。可憐的侍從嚇得不知所措，她說：

「我要回去了，我不喜歡跟人起爭執。」

「我不會就這樣讓你回去的。」托比說：

「除非你先過我這一關。」

托比是一位硬朗的老紳士。薇奧拉心想，不如等安德魯出現才是上策。安德魯終於來了，薇奧拉顫抖著拔劍應戰，事實上，她已經嚇壞了。安德魯也同樣拔出劍來，但他害怕的程度不輸薇奧拉。

幸好，兩人正要決鬥的瞬間，遇上幾名士兵，阻止了托比的計畫。薇奧拉見機不可失，用最快的速度離開了現場。托比則在她身後大喊：

「你這個沒用的人，你比**野兔**還要膽小！」

**野兔**

體長約四十至五十公分，夜行性，白天常躲在草叢或坑洞裡。警戒心強、逃跑的速度很快，故用來比喻膽小鬼。

另一方面，賽巴斯汀後來也平安在伊利里亞上岸了。這一天，他決定前去拜見伊利里亞公爵。在前往宮廷途中，他經過了奧莉維亞的門前。薇奧拉才慌慌張張的逃走，賽巴斯汀就碰上了安德魯和托比。

安德魯把賽巴斯汀誤認為膽小的西薩里奧了，他握緊雙拳、大喝一聲「受死吧！」

「你說什麼！該受死的是你，接招吧！」

賽巴斯汀的力氣比安德魯大得多，他回敬了安德魯好幾拳，托比只好上前解救安德魯。不過，賽巴斯汀用力甩開托比的手，拔劍想以一敵二。聽聞外面有人打架，奧莉維亞跑出來查看，她狠狠斥責托比和安德魯一頓，把他們趕走了。接著，奧莉維亞也誤以為賽巴斯汀就是西薩里奧，她說盡了甜言蜜語，請他進到屋子裡。

賽巴斯汀還摸不著頭緒，但有一位如此美麗又高貴的女子對自己獻殷勤，他倒是很樂意接受。雖然奧莉維亞還不知道這名男子並不是西薩里奧，賽巴斯汀也還搞不清楚自己是不是在做夢，奧莉維亞急著當天就舉行了婚禮。

此時，奧西諾無法忍受西薩里奧遲遲沒有從奧莉維亞那裡帶回好消息，他決定在西薩里奧的陪同下，親自登門拜訪她。

奧莉維亞在玄關遇上這一對主僕。她看見丈夫站在那兒，不禁責備他怎麼一聲不響的離開了。她還對公爵說，他的求婚就像在音樂之後聽見狗叫聲一樣，對她來說太刺耳了，令她感到不快。

奧西諾說：

「妳怎麼說得出這麼殘忍的話？」

奧莉維亞回答：

「是嗎？我只是和平常一樣實話實說。」

奧西諾越聽越生氣，心裡也萌生了殘酷的念頭。為了對奧莉維亞復仇，他揚言要殺了西薩里奧。奧西諾已經發現奧莉維亞愛上西薩里奧了。

「你過來！」奧西諾對他的侍從說。

薇奧拉跟在奧西諾身後，對他說：

「只要主人能夠消氣，我願意為您死一千遍。」

奧莉維亞害怕極了，她大聲喊著：

「西薩里奧，我的丈夫，不要走！」

「你是她的丈夫？」公爵氣沖沖的問。

薇奧拉說：

「不、陛下，我不是。」

奧莉維亞叫道：

「快把神父請出來說明！」

為賽巴斯汀和奧莉維亞主持婚禮的神父出來了，他宣稱西薩里奧就是剛才的新郎。

「啊！你這狡猾的小狐狸，別再假惺惺了！」公爵大聲喊著：

「永別了。你可以跟她在一起，不過，以後不准出現在我面前！」

這時，頭破血流的安德魯出現了，他責怪西薩里奧把他打成這樣，也把托比打傷了。

「我沒有傷害兩位。」薇奧拉斬釘截鐵的說：

「是兩位拔出劍對著我，我只是對兩位曉以大義，絕對沒有傷害兩位。」

然而，無論薇奧拉怎麼解釋，在場的人都不相信她。接著，一件不可思議的事發生了。賽巴斯汀走了進來，他對妻子奧莉維亞說：

「我做錯事了，美麗的女士。我打傷了妳的親戚。請妳原諒我吧，看在我們才剛交換誓言的份上……」

公爵看看薇奧拉又看看賽巴斯汀，他喊道：

「同一張臉、同樣的聲音、同樣的衣服，卻是不同的兩個人！」

奧莉維亞說：

「就算把一顆蘋果切成兩半，也不會如此相像。哪一個是賽巴斯汀呢？」

「我沒有弟弟。」賽巴斯汀說：

「我只有一個妹妹，但她被重重的海浪吞沒了。」

「如果妳是女性的話，」賽巴斯汀接著對薇奧拉說：
「我一定會哭著對妳說：『妳總算回來了，可憐的薇奧拉』。」
看見自己心愛的哥哥還活著，薇奧拉高興的對賽巴斯汀表明身分。看著薇奧拉和哥哥重逢，奧西諾心裡萌生一股憐憫之情，也許說是愛情更加貼切。
「年輕人，」奧西諾說：
「你曾經說過千百次，你不可能像愛我一樣，去愛上女性吧。」
「我可以在眾人面前，再一次對您發誓。」薇奧拉回答：
「我會永遠遵守我的諾言。」
「握著我的手。」奧西諾開心的說：
「我要娶妳為妻，讓妳成為我的公爵夫人。」
善良的薇奧拉終於得到了幸福，賽巴斯汀認定奧莉維亞是他心愛的妻子。至於奧莉維亞，她認定賽巴斯汀是她永遠的戀人，也是她的好丈夫。

# 錯誤的喜劇

# 人物關係圖

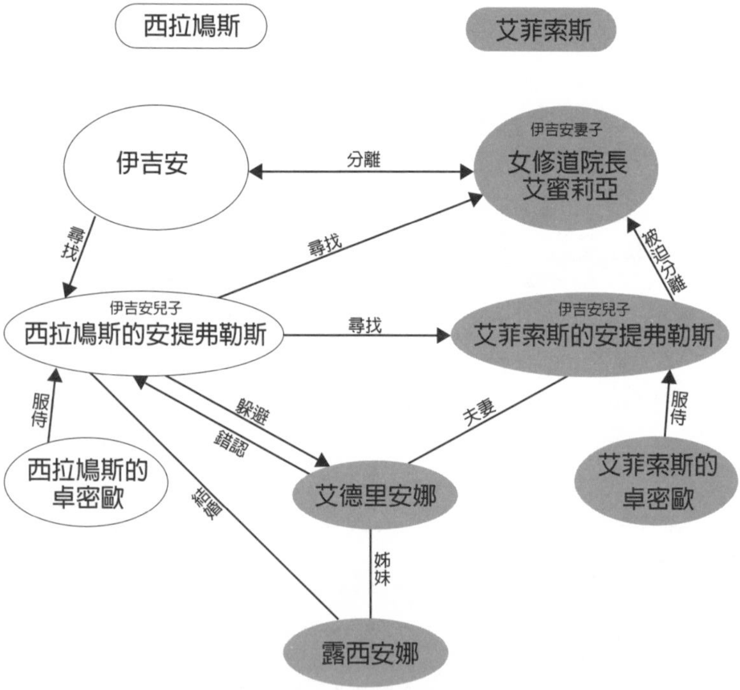
西拉鳩斯
艾菲索斯
伊吉安
伊吉安妻子
女修道院長
艾蜜莉亞
分離
尋找
尋找
被迫分離
伊吉安兒子
西拉鳩斯的安提弗勒斯
尋找
伊吉安兒子
艾菲索斯的安提弗勒斯
服侍
躲避
錯認
夫妻
服侍
西拉鳩斯的
卓密歐
結婚
艾德里安娜
艾菲索斯的
卓密歐
姊妹
露西安娜

西拉鳩斯是西西里的港口城市。伊吉安是西拉鳩斯的商人，有個妻子名叫艾蜜莉亞。在伊吉安的得力助手去世前，夫妻兩人一直過著十分幸福的日子。由於助手不在了，伊吉安必須自己前往面向**亞得里亞海**的**埃庇達諾斯**做生意，艾蜜莉亞隨後也跟著丈夫的腳步前來。夫妻兩人一起在埃庇達諾斯生活了一段時間後，艾蜜莉亞生下了一對雙胞胎男孩，這兩個小孩長得一模一樣，就算穿上不同的衣服，還是讓人分不清楚。

巧合的是，伊吉安夫婦生下雙胞胎的同一天，在同一間旅館裡，一對貧窮的夫妻也生下了一對雙胞胎男孩。這對夫妻實在太貧窮了，只好把孩子賣給伊利安家當僕人。

艾蜜莉亞很想回到西拉鳩斯，讓朋友看看她剛出生

**亞得里亞海**
義大利半島和巴爾幹半島之間的海洋。沿岸有許多港口，是中歐和北義大利等地通往外國的重要航道。

**埃庇達諾斯**
位於阿爾巴尼亞共和國西部，面向亞得里亞海的港口城市。現名為都拉斯。

的可愛雙胞胎。於是，艾蜜莉亞和伊吉安帶著兩對雙胞胎，搭上了開往家鄉的船。啟程時天氣看起來還不錯，可是沒多久卻颳起暴風雨。離西拉鳩斯還有一段距離，船就進水了。所有的水手擠上唯一一艘救生艇逃命，完全不顧乘客的安危。艾蜜莉亞把自己的一個孩子，和做為僕人的其中一個小孩綁在船桅上。伊吉安也把另外兩個孩子綁在船桅另一邊。夫妻兩人緊緊抓著同一根桅杆，祈求上天讓他們平安無事。

然而，船突然觸礁，船身和船桅都斷成兩半。艾蜜莉亞和兩個小孩、伊吉安和另外兩個小孩被海浪沖散了。夫妻兩人各自帶著兩個孩子，在海上漂流。

艾蜜莉亞和兩個小孩被一艘埃庇達諾斯的漁船救了起來。不過，悲慘的事發生了。漁夫蠻橫的從艾蜜莉亞手中搶走兩個小孩，最後艾蜜莉亞獨自回到了埃庇達諾斯，輾轉於小亞細亞的著名城市艾菲索斯住了下來。

伊吉安和另外兩個小孩也獲救了。伊吉安比艾蜜莉亞幸運，他回到西拉鳩斯，把兩個小孩撫養成人。伊吉安把自己的小孩取名為安提弗勒斯，僕人小孩則取名為卓密歐。不可思議的是，失散的另外兩個小孩，也取了相同的名字。

孩子長到十八歲時，和伊吉安一起生活的兒子無論如何都想去尋找自己的手足。於是，伊吉安就讓安提弗勒斯帶著僕人卓密歐出門了。從這裡開始，就稱這兩個年輕人為西拉鳩斯的安提弗勒斯與西拉鳩斯的卓密歐吧。

獨自一人留在西拉鳩斯的伊吉安無法孤單的待在家裡，他花了五年到處旅行。旅行期間，伊吉安對西拉鳩斯所發生的事一無所知。他若是知道的話，應該就不會來到艾菲索斯了。

怎麼回事呢？伊吉安的流浪之旅，在艾菲索斯畫下了句點。他才剛到艾菲索斯就被逮捕了。

他被捕後才得知，當時西拉鳩斯的公爵對不幸落入手中的艾菲索斯人十分殘忍。艾菲索斯政府為了報復，便通過了一項法律，所有西拉鳩斯人來到艾菲索斯，若繳不出一千英鎊罰款就會被處死。

伊吉安被帶到艾菲索斯公爵索利納斯面前。索利納斯表示，若是伊利安在今天之內繳不出一千英鎊，他就會被處死。

命運真是捉弄人。當年漁夫擄走的那兩個小孩，正好被索利納斯公爵的叔叔——梅納封公爵帶到艾菲索斯來，現在是艾菲索斯的市民了。接下來，就稱這兩個年輕人為艾菲索斯的安提弗勒斯與艾菲索斯的卓密歐吧。

伊吉安遭逮捕那天，西拉鳩斯的安提弗勒斯恰巧也來到了艾菲索斯。他為了避免受到懲罰，謊稱是從埃庇達諾斯來的人。西拉鳩斯的安提弗勒斯把錢交給他的僕人西拉鳩斯的卓密歐，要僕人拿著錢到一間叫中央館的旅館等他。

在那之後，才過了不到十分鐘，西拉鳩斯的安提弗勒斯就在市場遇見兄弟的僕人——艾菲索斯的卓密歐。他理所當然的把這位卓密歐當成自己的僕人了。西拉鳩斯的安提弗勒斯問道：

「怎麼這麼快就回來了？你把錢放到哪裡去了？」

有關錢的事，這位卓密歐只知道主人上星期三給了他六便士，要他付給馬具店。不過，這位卓密歐倒是知道，夫人等不到主人回去吃飯，非常著急，他請西拉鳩斯的安提弗勒斯趕快回到鳳凰館。

西拉鳩斯的安提弗勒斯聽了很生氣，覺得僕人在胡言亂語，最後。要不是艾菲索斯的卓密歐匆忙離開，他可能會狠狠教訓僕人一頓。

接著，西拉鳩斯的安提弗勒斯先回到中央館，確認自己的錢已交由旅館保管之後，他又離開了。

當他在艾菲索斯街上閒逛時，有兩位美麗的女子向他招手。這兩位女子是對姊妹，姊姊叫做艾德里安娜，妹妹則叫露西安娜。艾德里安娜是艾菲索斯的安提弗勒斯的妻子。艾德里安娜從艾菲索斯的卓密歐口中聽聞，主人問他和錢有關的事，於是懷疑丈夫喜歡上別的女人了。

「唉呀，你怎麼看起來好像不認識我啊？」

艾德里安娜對著其實是丈夫兄弟的男子說：

「不過，你對我說過，任何話要由我親口說出來才甜蜜、任何佳餚也要和我共享才美味，我可還記得呢。」

「您是在對我說話嗎？」西拉鳩斯的安提弗勒斯說：

「我不認識您啊。」

「唉，姊夫！」露西安娜說：

「姊姊剛才叫卓密歐去請你回家吃午餐，你不是碰到他了嗎？」

艾德里安娜說：

「我們回家吧。這些年來我一直被蒙在鼓裡，實在是夠了。不過，我還是會跟你這個總是好吃懶做的丈夫一起吃飯、聽你坦承那些荒唐的行徑，也願意原諒你。」

這兩姊妹都不肯好好聽別人說話，西拉鳩斯的安提弗勒斯不想再和她們爭論，只好乖乖跟她們回到鳳凰館。在那裡，有一頓遲來的午餐等著他們。

大家正在吃飯時，艾菲索斯的安提弗勒斯和卓密歐回來了。

「莫德、布利傑、瑪麗安、西斯理、吉麗安、琴！」

艾菲索斯的卓密歐在門口大喊。他把家裡其他僕人的名字都記起來了。不過，屋裡卻傳來「笨蛋、呆子、傻瓜、蠢蛋！」

西拉鳩斯的卓密歐在不知情下，對自己的兄弟惡言相向。

這個家真正的主人和僕人想盡辦法要進門，但也不能拿尖嘴鍬把門撬開，兩人只好離開了。艾菲索斯的安提弗勒斯沒想到妻子這麼無情，他決定把答應要給妻子的金鍊子送給別的女人。

在鳳凰館裡，露西安娜認為西拉鳩斯的安提弗勒斯就是她的姊夫。只剩下她和安提弗勒斯兩人時，她想盡辦法，請安提弗勒斯對姊姊艾德里安娜更溫柔一些。然而，安提弗勒斯卻對露西安娜說，他沒有結婚也很喜歡露西安娜，還說如果她是**人魚**，他很樂意躺在她披散於海面的金色長髮上。

**人魚**

傳說中的生物，上半身是人、下半身是魚。人魚大多被描繪成有一頭金色長髮的美女，得不到人類的愛就會殺死對方。

露西安娜非常震驚，轉身去告訴艾德里安娜，姊夫對她的一番表白。艾德里安娜雖然嘴裡說她的丈夫又老又醜，說話也不值得一聽，她心裡其實還是深愛著丈夫，心裡又氣又無奈。

不久之後，有客人來找西拉鳩斯的安提弗勒斯，是金匠安傑羅。原來是艾菲索斯的安提弗勒斯向安傑羅訂了一條金鍊子要送給妻子（雖然現在他打算把鍊子送給別的女人了）。

金匠把金鍊子交給西拉鳩斯的安提弗勒斯。安提弗勒斯表示自己沒有訂做金鍊子，金匠卻只當他是在開玩笑。搞不清楚狀況的安提弗勒斯最後還是收下了，但現在沒辦法付錢，安傑羅只好說他下次再來。

由於安傑羅沒有帶錢回去，他的債主帶著警察上門，威脅他立刻還錢，否則就要讓他去坐牢。這時，安傑羅正好看見艾菲索斯的安提弗勒斯從一間店裡走出來，他鬆了一口氣。原來，進不去鳳凰館後，這位安提弗勒斯就在那間店裡和其他女性一起用餐。不過，安提弗勒斯說他沒有收下金鍊子，這讓安傑羅非常生氣，覺得他拿了東西還想賴帳，真是豈有此理。於是，安傑羅控告艾菲索斯的安提弗勒斯，要警察逮捕他。

這時，西拉鳩斯的卓密歐來了。他對不是主人的這位安提弗勒斯說，他把行李都裝上船了，現在正適合出發。對艾菲索斯的安提弗勒斯而言，這句話簡直莫名其妙。他雖然想狠狠教訓卓密歐一頓，卻只能氣沖沖的叫卓密歐趕回去找艾德里安娜，讓她把抽屜裡的錢包拿來解救她被逮捕的丈夫。

艾德里安娜以為丈夫和自己的妹妹外遇，正在氣頭上。不過，她沒有阻止露西安娜去拿錢包。艾德里安娜無奈的對西拉鳩斯的卓密歐說，快去把主人帶回來吧。

不巧的是，西拉鳩斯的卓密歐在到達警察局前，就遇上自己真正的主人了。西拉鳩斯的安提弗勒斯既沒有遭到逮捕，也不知道卓密歐拿錢包給他是什麼意思。更讓安提弗勒斯驚訝的是，有一位陌生的女子走過向他索取他答應給她的那條金鍊子。她當然就是和艾菲索斯的安提弗勒斯一起吃飯的女性。

「胡說，滾開！」那位女子被安提弗勒斯的反應嚇了一大跳。

另一方面，艾菲索斯的安提弗勒斯正等著僕人拿錢來解救自己，錢卻遲遲沒有送來。這時，艾菲索斯的卓密歐出現了。這位卓密歐當然不知道主人要他拿錢包來，他手上唯一有用的東西，只有一條繩子。安提弗勒斯的脾氣本來就不好，現在更是怒氣衝天。

艾菲索斯的安提弗勒斯不聽警察勸阻，在大街上狠狠教訓了自己的僕人。大家都以為安提弗勒斯發瘋了，需要醫生來為他把脈。然而，即使艾德里安娜、露西安娜和一位醫生一起趕來，安提弗勒斯仍然餘怒未消。由於安提弗勒斯已經接近瘋狂，大家慢慢靠近他，想把他綁起來。多虧溫柔的艾德里安娜出面，安提弗勒斯才免於在眾人面前蒙羞。艾德里安娜答應讓丈夫付清那筆錢，請醫生先把丈夫帶回鳳凰館。

安傑羅的債主是一名商人，商人收到欠款後，和安傑羅握手言和了。然而，他們又看見艾菲索斯的安提弗勒斯舉止怪異的在女子**修道院**前嘮叨不停。

「小聲點。」商人說：「是他。」

其實那並不是艾菲索斯的安提弗勒斯，而是西拉鳩斯的安提弗勒斯和他的僕人卓密歐。安提弗勒斯的脖子上居然掛著安傑羅打造的那條金鍊子！

商人和安傑羅立刻上前質問安提弗勒斯，為什麼拿了金鍊子不承認，還厚顏無恥的掛在脖子上。

西拉鳩斯的安提弗勒斯忍無可忍，拔出了劍。這時，艾德里安娜帶著幾個人出現了。

「等一下！」處事謹慎的妻子大喊：

「請不要傷害他，他發瘋了。快把他的劍搶走、把他綁起來！把卓密歐也綁起來！」

西拉鳩斯的卓密歐可不想被五花大綁，他對主人說：

「主人，快跑！我們快躲進女子修道院裡，不然就

**修道院**

讓遵守教義的修士和修女遠離社會、過著團體生活的地方。在這裡的生活十分簡樸，以禮拜和禱告為中心。

要被洗劫一空了！」

主僕兩人急忙逃進了女子修道院。艾德里安娜、露西安娜一行人還待在外面。

修道院的院長出來了，她問：

「各位，你們為什麼聚集在這裡呢？」

艾德里安娜回答：

「我可憐的丈夫發瘋了，我是來帶他回去的。」

安傑羅和商人則說他們不知道安提弗勒斯發瘋了。

接著，艾德里安娜把自己身為妻子的擔憂，加油添醋的說給院長聽。院長卻認為艾德里安娜實在太愛嘮叨，既然她的丈夫已經神智不清了，還是先不要跟妻子回去比較好。

於是，艾德里安娜決定向公爵投訴。話才剛說完，偉大的公爵就帶著警察和另外兩個人出現了。這兩個人正是伊吉安和**劊子手**。伊吉安籌不到一千英鎊，難逃一死了。

艾德里安娜不等公爵來到女子修道院門前，就先跪在公爵腳下。她對公爵說，她那發了瘋的丈夫到處亂跑，還偷走項鍊、與人拔劍相向。她也不忘告狀，說女子修道院的院長不讓她把丈夫帶回家。

公爵才叫人去請院長出來，就有一名僕人從鳳凰館趕來。那名僕人對艾德里安娜說，主人把醫生的鬍子燒焦了。

「怎麼可能！」艾德里安娜說：

「主人現在在修道院裡啊。」

僕人說：

「夫人，我說的事千真萬確呀。」

西拉鳩斯的安提弗勒斯還沒從女子修道院裡現身時，艾菲索斯的安提弗勒斯就出現了。他跪在公爵面

**劊子手**

用斧頭執行斬首的人。中世紀時，歐洲經常執行死刑，有各種方式也都很殘忍。

前，對公爵說：

「受人景仰的公爵大人，請您懲罰那個女人。」安提弗勒斯指著艾德里安娜，

「那個女人在我的家裡，像對待她的丈夫那樣招待別的男人。」

艾菲索斯的安提弗勒斯說話時，伊吉安說：

「如果我沒看錯的話，那不就是我的兒子安提弗勒斯嗎？」

沒有人理會伊吉安說的話。艾菲索斯的安提弗勒斯接著說，那位醫生也是共犯（他稱那位醫生為衣衫襤褸的騙子），把他和僕人卓密歐綁在一起丟進了地下室。他好不容易才咬斷繩子，從地下室逃了出來。

公爵不明白，為什麼這個正在對自己說話的人，會被人看見他跑進女子修道院。而公爵也很納悶，為什麼伊吉安會問安提弗勒斯是不是他的兒子。

艾菲索斯的安提弗勒斯說：

「我從來沒見過這位先生，出生之後也沒見過我的父親。」

不過，伊吉安有點糊塗了。眼前這位安提弗勒斯和自己扶養長大的兒子實在太

相像。伊吉安說：

「是不是因為我現在遇上麻煩了，你不願意和我相認呢？」

這時，院長帶著西拉鳩斯的安提弗勒斯和西拉鳩斯的卓密歐出來了。艾德里安娜不禁驚呼：

「我看見了兩個丈夫！一定是我的眼睛在和我開玩笑。」

西拉鳩斯的安提弗勒斯看見父親，便對他說：

「您是我的父親伊吉安嗎？還是他的亡魂？」

真是驚奇連連的一天。院長說：

「公爵大人，我願意替那個人繳納罰款，請您放他自由吧。我要贖回我失去的丈夫。伊吉安，你說話啊，我是你的妻子艾蜜莉亞！」

公爵深受感動：

「罰款就一筆勾銷吧，你自由了。」

終於，伊吉安和艾蜜莉亞久別重逢，艾德里安娜也與她的丈夫和好了。不過，最開心的應該是西拉鳩斯的安提弗勒斯。在公爵的見證下，這位安提弗勒斯走到露西安娜身邊，對她說：

「我說過我喜歡妳，妳願意成為我的妻子嗎？」

露西安娜的回答全寫在嬌羞的臉上，這裡就不再贅述了。

至於兩位卓密歐，一想到不必再被主人教訓，開心極了。

# 皆大歡喜

# 人物關係圖

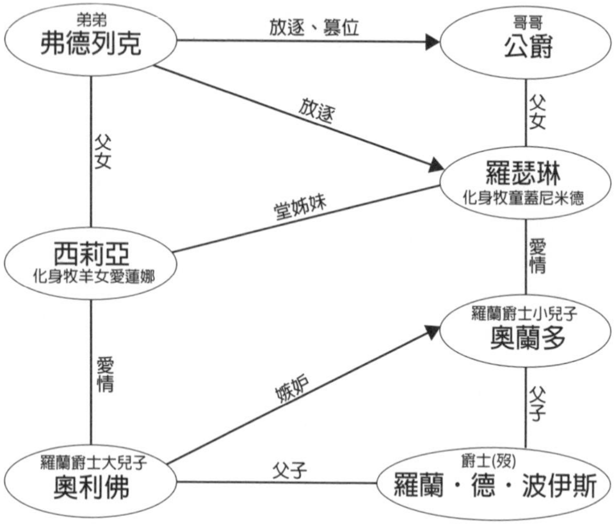
弟弟
弗德列克
放逐、篡位
哥哥
公爵
放逐
父女
父女
羅瑟琳
化身牧童蓋尼米德
堂姊妹
西莉亞
化身牧羊女愛蓮娜
愛情
愛情
羅蘭爵士小兒子
奧蘭多
嫉妒
父子
羅蘭爵士大兒子
奧利佛
父子
爵士(歿)
羅蘭・德・波伊斯

從前，有一位壞心的公爵名叫弗德列克。弗德列克篡奪原本屬於他哥哥的領土，放逐了他，取而代之統治這塊領土。他的哥哥最後來到亞登森林，在野外過著充滿挑戰的生活。

被放逐的公爵有一個女兒名叫羅瑟琳。在弗德列克的女兒西莉亞的幫助下，得以留在宮廷中。她們兩人的感情比一般的姊妹更加親密。

有一天，宮廷裡舉辦了**角力**比賽，羅瑟琳和西莉亞都到場觀賞。查爾斯是一位有名的角力選手，過去的比賽中，有許多人死在他手裡。這一天，和查爾斯比賽的是一位名叫奧蘭多的年輕人，他的身材瘦小，年紀也很輕，羅瑟琳和西莉亞認為這個年輕人根本不是查爾斯的敵手，都勸奧蘭多不要冒這麼大的險。然而，她們的勸

**角力**

兩人一組，將對方推倒或摺倒的競技。起源可追溯至西元前三千年前，英國則是在十一、二世紀左右盛行，並在各地發展出不同的競技方法。

退反而讓奧蘭多更想贏得這場比賽，他想獲得這兩位美麗女孩的讚美。

奧蘭多的處境和羅瑟琳的父親相似，他因哥哥奧利佛的阻撓而無法繼承父親的遺產。在遇上羅瑟琳之前，奧蘭多對於哥哥的無情感到悲傷，覺得自己是生是死都無所謂了。不過，遇見美麗的羅瑟琳，給了他勇氣和力量。他在比賽中表現得十分精采，把查爾斯重重摔了出去。查爾斯倒在地上一動也不動，最後得由幾個人合力才把他抬出場外。

弗德列克公爵很欣賞這位年輕人的勇氣，問他叫什麼名字。年輕人答道：

「我叫做奧蘭多，我是羅蘭．德．波伊斯爵士最小的兒子。」

羅蘭．德．波伊斯爵士生前是被放逐的公爵的好朋友。因此，當弗德列克聽到奧蘭多是那位爵士的兒子時，他非常失望，也不想提拔奧蘭多了。不過，羅瑟琳聽說這位陌生而英俊的年輕人是父親好友的兒子，則是十分開心。大家離開比賽會場時，羅瑟琳好幾次回頭，對這位勇敢的年輕人說了鼓勵的話。

「奧蘭多先生，」羅瑟琳從脖子上取下一條項鍊交給奧蘭多，對他說：

「為了我，請戴上這條項鍊吧。我本來想送您更貴重的禮物，現在我只能給您這個。」

兩姊妹獨處時，羅瑟琳和西莉亞談起這位英俊的角力選手，羅瑟琳承認她對奧蘭多一見鍾情。

西莉亞說：

「是嗎是嗎，姊姊，你也和愛情玩起角力啦。」

「哎，」羅瑟琳說：

「這場角力，我可是輸得徹底呢。別說了，公爵來了。」

西莉亞說：

「他氣得瞪大了眼睛呢。」

公爵走了過來，對羅瑟琳說：

「我要妳現在立刻離開宮廷。」

羅瑟琳問：

「為什麼呢？」

「為什麼？我不必解釋。」公爵說：

「總之妳被放逐了。十天後，妳沒有遠離宮廷二十公里的話，我就要處死妳。」

於是，羅瑟琳決定去尋找她的父親，也就是那位被放逐到亞登森林的公爵。西莉亞不忍心讓羅瑟琳一個人離開，於是瞞著父親悄悄跟她走。由於路途不太安全，個子比較高的羅瑟琳就扮成農家小夥子，西莉亞則扮成農家姑娘。羅瑟琳說她要化名為蓋尼米德，還替西莉亞取名為愛蓮娜。

走到亞登森林時，姊妹兩人都累壞了。她們找到一塊草地坐下來休息。此時有個農夫從她們面前經過，羅瑟琳問他有沒有食物能給她們充飢，農夫分她們一些食物，並告訴她們附近有一群羊和一間牧羊人的房子正待出售。於是，姊妹兩人買下了那間房子，在森林裡過著牧羊人的生活。

不久之後，由於奧利佛想取弟弟奧蘭多的性命，奧蘭多逃到森林裡，因而遇見了真正的公爵。公爵親切的歡迎奧蘭多，邀他和自己一起生活。

奧蘭多的一心一意只想著羅瑟琳，他在森林散步時會在樹上刻下羅瑟琳的名字，或是寫下情詩掛在樹枝上。種種行為，羅瑟琳和西莉亞全部看在眼裡。有一天，奧蘭多遇見了兩姊妹。不過，羅瑟琳穿著男裝，奧蘭多並沒有認出她來。奧蘭多很欣賞這位俊俏的牧羊人，他覺得這位牧羊人有點像他心儀的羅瑟琳。

「這座森林有個癡心漢。」蓋尼米德說：

「他每天都在附近散步，還把情詩掛在樹上。要是找到了這個癡心漢，我一定很快就能治好他的相思病。」

奧蘭多坦言，他就是那個癡心漢。蓋尼米德對他說：

「如果你每天都來見我，我就扮成羅瑟琳，模仿女人善變又愛鬧彆扭的樣子，相信不久之後，你就會對自己的癡情感到不好意思了。」

於是，奧蘭多每天都來到蓋尼米德的家，把所有原本想說給羅瑟琳聽的甜言蜜語都說給年輕的牧羊人聽。蓋尼米德知道這些情話都是對自己說的，也偷偷在心裡開心著。就這樣，他們共度了許多愉快的日子。

某天早上，奧蘭多如常要前往蓋尼米德的住處時，看見有人躺在地上睡覺。一頭母獅子趴在不遠處等待睡著的人醒過來，因為獅子是不吃死人和睡著的人的。奧蘭多再仔細一看，那個人不正是想取自己性命的哥哥奧利佛嗎？於是奧蘭多殺了母獅子，救了哥哥的性命。

奧蘭多正和母獅子搏鬥時，奧利佛醒了。他看見受到自己殘忍對待的弟弟，居然冒著生命危險，將自己從猛獸的利爪下救出來。奧利佛對自己過去的所作所為感到相當後悔，請求奧蘭多原諒他。在那之後，兩兄弟就和好了。奧蘭多的手臂被獅子抓傷，沒辦法去找牧羊人了，於是奧蘭多讓哥哥替他去請蓋尼米德過來。

奧利佛來到牧羊人的家，對蓋尼米德和愛蓮娜說出事情的經過。化名為愛蓮娜的西莉亞，非常欣賞奧利佛勇於認錯的男子氣概，不禁喜歡上奧利佛。化名為蓋尼米德的羅瑟琳聽見奧蘭多遭遇危險則當場暈了過去。羅瑟琳清醒後誠心的說：「我應該是個女人才對」。

奧利佛回到弟弟身邊，告訴他剛才在牧羊人家裡發生的事。奧利佛說：

「我非常喜歡愛蓮娜。我決定把所有財產都讓給你，和愛蓮娜結婚，在這裡過著牧羊人的生活。」

「明天就舉行婚禮吧。」奧蘭多說：

「我去邀請公爵和他的朋友們。」

奧蘭多把哥哥明天要結婚的事告訴蓋尼米德，他還多說了一句：

「唉，透過別人的眼看到幸福的樣子，真令人心酸。」

羅瑟琳仍然穿著蓋尼米德的衣服，以蓋尼米德的聲音回答：

「要是你真的如此深愛著羅瑟琳，你哥哥和愛蓮娜舉行婚禮的同時，我也會讓你和她結婚。」

第二天，公爵和他的家臣、奧蘭多、奧利佛與西莉亞聚在一起，準備舉行婚禮。

這時，蓋尼米德走進來對公爵說：

「如果我把您的女兒帶來這裡，您同意讓她和這位奧蘭多結婚嗎？」

「那當然。」公爵說：

「就算把整個王國給她當嫁妝，我也願意。」

蓋尼米德接著對奧蘭多說：

「你呢？如果我把羅瑟琳帶來，你願意和她結婚嗎？」

「我願意。」奧蘭多說：

「即使我是統治所有王國的君主，我仍然願意。」

於是，蓋尼米德和西莉亞一起走了出去。不久，羅瑟琳穿上美麗的女裝再度現身，她對父親說：

「我把自己交給您做主，我是屬於您的。」

「如果我沒看錯，」公爵說：

「妳是我的女兒啊！」

接著，羅瑟琳對奧蘭多說：

「我也把自己交給你，我現在是屬於你的了。」

「如果我沒看錯，」奧蘭多說：
「妳就是我心愛的羅瑟琳啊！」
羅瑟琳對公爵說：
「如果您不是我的父親，再也沒有人能當我的父親了。」
她又對奧蘭多說：
「如果你不是我的丈夫，再也沒有人能當我的丈夫了。」
於是，奧蘭多和羅瑟琳結婚，奧利佛也和西莉亞結婚了。兩對新人隨著公爵回到王國，從此過著幸福快樂的日子。原來，弗德列克遇見了一位偉大的隱士，使他領悟自己過去的行為有多麼殘酷。弗德列克把領地還給哥哥，自己則進入修道院，祈求上天原諒他的罪行。
兩對新人的婚禮洋溢著歡樂氣氛，在森林裡長滿青苔的空地上舉行。羅瑟琳化身為牧羊人時，結識了一對牧羊人情侶，他們也在同一天結婚了。只有在翠綠的森林裡舉行婚禮，才能感受如此熱鬧的氣氛，這是宮廷婚禮無法比擬的。

# 維洛那二紳士

# 人物關係圖

虛線為故事中的關係轉變

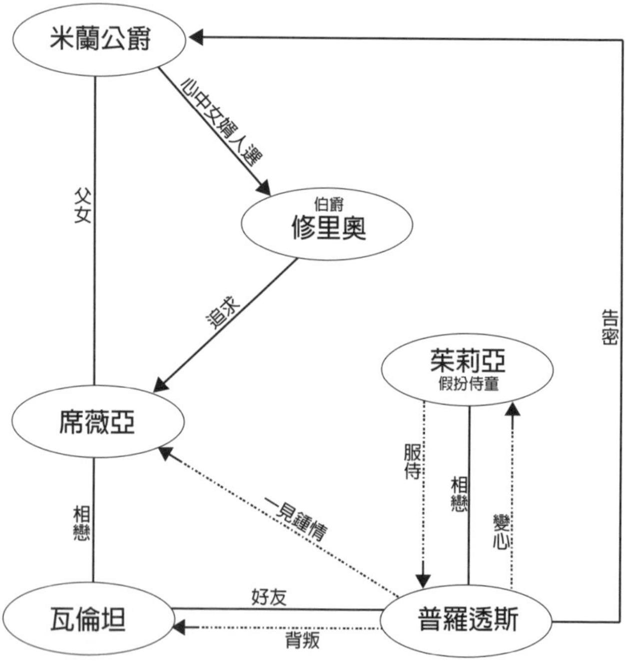

就如同大家之後明白的那樣，兩人之中，只有一個人是真正的紳士。這兩人叫做**瓦倫坦**和**普羅透斯**。他們是好朋友，住在義大利北邊的維洛那城。

瓦倫坦是個好名字，因為瓦倫坦是戀人的守護神。名為瓦倫坦的，通常不會是見異思遷、性格卑劣的人；但普羅透斯這個名字就不太好了。在神話中，普羅透斯是擅長改變外貌的神，這個名字不時會慫恿叫此名的人，成為愛情的叛徒。

有一天，瓦倫坦對朋友說，他決定前往米蘭。

「我不像你正在戀愛。」瓦倫坦說：

「我想出去見見世面。」

普羅透斯愛著一位名叫茱莉亞的女孩，她有一頭漂亮的金黃色長髮。茱莉亞的家境非常富裕，卻沒有對人

**瓦倫坦**

羅馬祭司，也有人說他是一位醫生。以他為名的節日——二月十四日又被稱為「情人節」，據說在這個時節總會看見鳥兒成雙成對。

**普羅透斯**

海神波塞頓的隨從，總是以老人的外型出現，擁有預言和變身的能力。

頤指氣使的嬌氣。普羅透斯很捨不得瓦倫坦要走，他對瓦倫坦說：

「要是你遇到什麼危險，一定要告訴我。路上小心，我會為你禱告。」

於是，瓦倫坦帶著僕人斯彼德一起前往米蘭。在那裡，他喜歡上米蘭公爵的女兒席薇亞。

普羅透斯和瓦倫坦分開時，茱莉亞還沒有發現自己已經愛上了普羅透斯，她甚至當著女僕露西塔的面把普羅透斯的信撕了。不過，露西塔並不笨，她看著被撕碎的信自言自語：

「小姐只是希望能再有另一封信來讓她心煩吧。」

事實上，露西塔一離開，剩下茱莉亞一個人時，她就後悔了。她撿起上面有普羅透斯簽名的紙屑，把紙屑放在懷裡。是撕碎了普羅透斯寫的信之後，茱莉亞才發現自己已經愛上普羅透斯了。於是，茱莉亞就像每個勇於追求愛情的可愛女孩一樣，回了一封信給普羅透斯。

「請你耐心等待，將來我要和你結婚。」

普羅透斯收到這樣的回覆非常高興，他揮舞著茱莉亞的來信，自言自語、來回踱步。

「你手上拿著什麼？」普羅透斯的父親安東尼奧問道。

「是瓦倫坦捎來的信。」普羅透斯撒了謊。

「讓我看看。」安東尼奧說。

「沒寫什麼消息。」試圖隱瞞的普羅透斯說：

「瓦倫坦只提到他現在很幸福，米蘭公爵對他也很好，要是我能跟他一起去就好了。他只寫了這些。」

普羅透斯撒的這個謊，反而讓安東尼奧想把兒子也送去米蘭，期望他也能獲得和瓦倫坦同樣的待遇。

安東尼奧命令兒子：

「那你明天就動身到米蘭去。」

普羅透斯慌張的說：

「請給我一點時間準備。」
這句話換來的卻是父親更強硬的安排：
「你需要的東西，我會再叫人送過去。」
沒想到，才訂下婚約不到兩天就要和情人分開，茱莉亞非常難過。
茱莉亞送給普羅透斯一只戒指，對他說：
「請你為我將這只戒指帶在身邊吧。」
普羅透斯也送給茱莉亞一只戒指，兩人就像承諾至死不渝的戀人，親吻著彼此。之後，普羅透斯出發前往米蘭了。
而在米蘭這邊，瓦倫坦正在逗席薇亞開心。她那紅褐色長髮底下笑吟吟的銀灰色雙眼，讓瓦倫坦成為愛情的俘虜了。
有一天，席薇亞對瓦倫坦說，她想寫一封文情並茂的信給一位她喜歡的紳士。
「你能幫我寫嗎？」
瓦倫坦雖然百般不願，仍然無奈的寫好，態度冷淡的交給席薇亞。

「這封信還給你。」席薇亞說：
「你寫信的時候很不情願吧。」
「小姐，」瓦倫坦說：
「要我為您寫那樣的情書，太為難我了。」
「這封信你收著。」席薇亞命令瓦倫坦：
「你寫得不夠溫柔。」
席薇亞留下瓦倫坦和那封信就離開了。瓦倫坦不得不再寫一封信。不過，僕人斯彼德已經看出，其實席薇亞讓瓦倫坦替她寫的情書，就是要寫給瓦倫坦的。
「這個玩笑，」斯彼德說：
「就像尖塔上的**風向雞**一樣。」
斯彼德的意思是，那位小姐的意圖太明顯了。他接著解釋道：

**風向雞**
裝在塔上或較高的建築物頂端，用來測得風向的儀器。雞的頭部會朝向風的來向。

「主人幫她寫幾封情書，同時身為收信者的他當然也要回幾封囉。」

話說，普羅透斯一到達米蘭，瓦倫坦立刻向他介紹席薇亞。這兩位好友獨處時，瓦倫坦問起普羅透斯和茱莉亞的戀情是否順利。

「咦？」普羅透斯說：

「每次我提起戀愛的事，你不是都表現得很不耐煩嗎？」

「是的。」瓦倫坦老實說：

「不過，現在不一樣了。只要盤子、杯子裡有愛情，我就能靠著愛情充飢、解渴了。」

普羅透斯說：

「你簡直把席薇亞當成偶像崇拜了。」

瓦倫坦說：

「她是我的女神。」

「別被愛情沖昏頭了。」普羅透斯勸告朋友。

「好吧，如果她不是女神的話，」瓦倫坦說：
「那至少也是世上所有女性中最出色的女王。」
普羅透斯說：
「除了茱莉亞以外的所有女性吧。」
瓦倫坦說：
「就連茱莉亞也不例外。不過，只有茱莉亞才配得上替我的她拉裙襬，這點我承認。」
普羅透斯說：
「你未免太誇張了，真不像你。」
不過，普羅透斯也見過席薇亞了。普羅透斯忽然覺得，和席薇亞比起來，有著一頭金黃長髮的茱莉亞根本不算什麼。普羅透斯心中立刻產生了卑鄙的想法，他自言自語的說著從前不會說出口的話：
「對我而言，自己比朋友重要多了。」

如果普羅透斯在讚美席薇亞、貶低茱莉亞的那一瞬間，就因這個名字的神力改變了外型，對瓦倫坦而言，或許還比較容易應付。不過，普羅透斯並沒有改變外型。他的笑容依然親切，瓦倫坦不禁把他和席薇亞約好要私奔的重大秘密告訴了普羅透斯。

「這件大衣的口袋裡，」瓦倫坦說：「放了絲綢做的繩梯，上面還有鉤子，可以掛在她房間的**窗櫺**。」

普羅透斯知道席薇亞想和情人私奔的理由。米蘭公爵想把席薇亞嫁給修里奧伯爵，而修里奧是個假裝紳士的蠢蛋，席薇亞對他根本不屑一顧。

普羅透斯心想，要是把瓦倫坦趕走，也許就能讓席薇亞喜歡上自己，特別是在米蘭公爵得忍受修里奧伯爵

**窗櫺**
將鐵或木頭等材料製成格子狀，裝於窗戶外側保護窗戶。

無聊的談話的情況下，可能性就更高了。於是，普羅透斯去找公爵，對他說：

「友情雖然重要，但是比不上道義！我雖然不忍心妨礙朋友瓦倫坦的計畫，陛下也不能不知道，他打算和令千金私奔。」

普羅透斯請求公爵，不要告訴瓦倫坦提供這個消息的人是誰。公爵答應他，絕對不會透漏他的名字。

當晚，公爵就召了瓦倫坦來。瓦倫坦穿著一件口袋快要撐破的大衣前來。

「你應該知道，」公爵說：

「我想把女兒嫁給修里奧伯爵。」

「我知道。」瓦倫坦回答：

「那位伯爵既清高又寬宏大量，對陛下而言，他的確是適合小姐的人選。」

「不過，席薇亞不喜歡他。」公爵說：

「那孩子嬌生慣養，自尊心強又不聽話。我打算只留給那孩子一毛錢，也就是說，我決定要再婚。」

瓦倫坦低頭不語。

「我不太瞭解時下的年輕人都怎麼追求女性。」公爵接著說：

「你應該可以教教我，該怎麼把我看上的女性追到手吧。」

瓦倫坦說：

「要打動女人的心，寶石是很合適的選擇。」

公爵說：

「寶石我送過了。」

「如果陛下再多送一些的話，那位女性也許就會漸漸喜歡上送禮的人。」

「最大的難關，」公爵接著說：

「是我喜歡的那位女性已經和年輕的紳士訂婚了。而且，她被禁足了，我幾乎沒有機會和她說上話。」

「那麼，陛下應該試著提出和她私奔。」瓦倫坦說：

「您可以試試看繩梯。」

公爵問：

「不過，我要怎麼帶著繩梯呢？」

「繩梯很輕。」瓦倫坦說：

「可以藏在大衣裡帶著。」

「就像你那件大衣？」

「是的，陛下。」

「那麼，就把你的大衣借給我吧。」

說著說著，瓦倫坦就掉入陷阱了。瓦倫坦無法拒絕公爵的要求。公爵穿上瓦倫坦的大衣後，從口袋裡拿出一封寫給席薇亞的信。公爵打開那封信，冷冷的念出裡面的一句話：

「席薇亞，今天晚上我就會帶妳奔向自由了。」

「原來如此。」公爵說：

「這件大衣裡還有繩梯，看來你是精心計畫，可惜不夠周詳。我給你一天的時間，讓你離開我的領地。明天這個時候，如果你還在米蘭，你的性命就不保了。」

可憐的瓦倫坦感到非常難過。

「要是看不見席薇亞，我的世界就只剩下黑夜了。」

離開米蘭之前，瓦倫坦向普羅透斯道別。普羅透斯把偽君子這三個字表現得淋漓盡致。

「希望是戀人的支柱。」這個背叛了瓦倫坦的人還鼓勵他說：

「從現在開始，你要抱著希望走下去。」

離開米蘭後，瓦倫坦和他的僕人在曼切華城附近的一座森林裡徘徊，森林裡曾經住著偉大的詩人**維吉爾**。然而，現在森林裡的詩人（假使還有這種人的話）變成了強盜。一群強盜命令瓦倫坦主僕兩人站住，兩人

**維吉爾**
古羅馬最偉大的詩人，他的作品對後世的文學有著極大影響。

只好照做。強盜們對瓦倫坦很有好感，於是對他說，如果他肯當他們的首領，就饒他一命。

「好吧。」瓦倫坦說：

「但你們要放了我的僕人，也不能欺負婦女和窮人。」

他的回答就像維吉爾寫出的詩句一樣動人。於是，瓦倫坦成為了強盜的首領。

故事再回到人在維洛那的茱莉亞身上。

由於普羅透斯已經離開了，對茱莉亞而言，維洛那無聊得讓她待不下去。茱莉亞拜託女僕露西塔幫她想想，有沒有什麼方法可以見到普羅透斯。

露西塔說：

「在那位先生回來前，您還是在這裡等比較好。」

聽了露西塔這番理性的話，茱莉亞明白就算她要進行一場衝動而有趣的冒險，露西塔也不會追隨她了。於是，茱莉亞說，她決定扮男裝前往米蘭。

「可是這樣，您就必須把頭髮剪掉呢。」露西塔說。她以為茱莉亞聽了就會打消念頭。

「我可以**把頭髮盤起來**。」茱莉亞的回答讓露西塔很失望。

露西塔努力想讓茱莉亞瞭解她的計畫有多麼愚蠢，但茱莉亞已經下定決心了，就算被潑冷水也不氣餒。出門的準備一切就緒，茱莉亞也搖身一變，成為一名任何人都會想多看一眼的美男子。

茱莉亞化名為賽巴斯汀。她抵達米蘭時，正好遇上有人在公爵的宮殿外演奏音樂。

一名男子說：

「我們正在為席薇亞小姐唱**小夜曲**呢。」

突然，茱莉亞聽見一個特別嘹亮的聲音。那是普羅

**盤髮**

將長髮束起、集中於頭頂的一種髮型。在莎士比亞的年代，男性多為短髮，女性則有各種別出心裁的髮型。

**小夜曲**

傍晚時分於情人房間的窗外唱的情歌。

透斯的歌聲，他在唱什麼呢？

席薇亞是誰？她的為人如何？
是所有年輕人都想追求的人嗎？
她神聖、美麗又聰穎，
上天賜她恩惠，
使她受到讚美。

茱莉亞不想聽到最後。然而，接下來的兩句歌詞，讓她明白發生了什麼事，也刺痛了她的心。

我要為了席薇亞歌唱，
她是世界上最完美的人。

這表示，普羅透斯認為席薇亞勝過了茱莉亞。普羅透斯優美的歌聲，全世界都聽見了，他不僅對茱莉亞不忠，還把茱莉亞忘得一乾二淨了。然而，茱莉亞仍然愛著普羅透斯，拜託普羅透斯收她當侍從。於是，普羅透斯僱用了茱莉亞。

假扮成侍從的茱莉亞，現在叫做賽巴斯汀。有一天，普羅透斯把茱莉亞先前給他的戒指交給賽巴斯汀，對他說：

「賽巴斯汀，你把這個戒指送去給席薇亞小姐，告訴她，我想要她答應給我的那幅畫。」

席薇亞雖然答應要給普羅透斯一幅畫，但她討厭普羅透斯。席薇亞是因為父親非常器重普羅透斯，才不得不和他說話。她父親以為普羅透斯能代替自己說服席薇亞和修里奧伯爵結婚。席薇亞曾聽瓦倫坦提到普羅透斯在維洛那已和情人訂婚了，因此，普羅透斯一對她示好，席薇亞就知道他這個人無論身為情人或朋友，都不值得信任。

賽巴斯汀拿著戒指來見席薇亞了。席薇亞說：

「我不會戴上戒指的，這樣會傷害給他戒指的那位女性。」

賽巴斯汀說：

「她會感謝你的。」

「這麼說來，你認識她嗎？」席薇亞問道。由於賽巴斯汀十分投入的敘述了那位茱莉亞的種種，感染了席薇亞，覺得賽巴斯汀若能和他口中的那位女子結婚就好了。

席薇亞把自己的畫像交給賽巴斯汀，讓他轉交給普羅透斯。要不是茱莉亞決心要成為像席薇亞那樣優雅的女性，她就會在畫像上的眼睛和鼻子多加幾筆，讓普羅透斯拿到醜陋的畫像了。

不久之後，宮廷裡起了一陣騷動。席薇亞逃跑了。

公爵很肯定，女兒一定是打算和被放逐的瓦倫坦會合，他果然沒猜錯。

公爵立刻和修里奧伯爵、普羅透斯及幾名僕人一起去追席薇亞。

追人的一行人走散了。找到席薇亞時，只剩下普羅透斯和（侍從服裝打扮的）

茱莉亞兩人。幾個強盜抓住了席薇亞，正要帶她去見他們的首領時，普羅透斯及時趕到，解救了席薇亞，對她說：

「我把妳從死神手中救出來，請妳溫柔的看看我吧，就算只有一次也好。」

「唉，我真倒楣，居然讓你救了我！」席薇亞大聲喊著：

「倒還不如讓我成為獅子的早餐呢。」

茱莉亞雖然沒說話，但她心裡很高興。普羅透斯對席薇亞的態度感到不知所措，他突然威脅席薇亞，強行摟著她的腰。

「啊！」席薇亞大叫一聲。

這時候，忽然傳來樹枝斷裂的聲音。為了拯救心愛的人，瓦倫坦從曼切華的森林中飛奔而來。茱莉亞擔心普羅透斯會被殺，立刻上前掩護她不忠的戀人。不過，瓦倫坦並沒有出手，只對普羅透斯說：

「普羅透斯，很抱歉，我不會再相信你了。」

普羅透斯總算知道自己做錯了，他跪著說：

「原諒我吧！對不起，我錯了！」

「既然你知道錯了，我就當你還是朋友。」心胸寬大的瓦倫坦說：

「對我來說席薇亞是我失而復得的重要之人。我答應你，倘若將來她對你有好感，我就會退出，甚至祝福你們。」

瓦倫坦說的話讓茱莉亞非常害怕，她暈了過去。

茱莉亞恢復意識後，瓦倫坦問她：

「孩子，你怎麼了？」

「我想起來了。」茱莉亞撒了謊：

「主人吩咐我把戒指交給席薇亞小姐，我還沒交給她呢。」

「那麼，你拿給我吧。」普羅透斯說。

茱莉亞把戒指交給普羅透斯。不過，交給他的是普羅透斯離開維洛那前送給茱莉亞的那個戒指。

普羅透斯看著眼前這位侍從，羞愧得連髮根都紅了。

茱莉亞說：
「在你變心時，我改變了自己的樣貌。」
普羅透斯說：
「可是，我又再次愛上你了。」
就在這時，強盜們抓了兩個人來，是公爵和修里奧伯爵。
「別亂來！」瓦倫坦以嚴厲的聲音喊道：
「公爵是神聖不可侵犯的。」
修里奧伯爵叫道：
「席薇亞在這裡，她是我的！」
瓦倫坦說：
「你膽敢碰她，我就要你的命！」
修里奧伯爵說：
「算了，為了一個女人，讓自己陷入危險，我才沒那麼傻呢。」

「好一個卑劣的傢伙。」公爵說：

「瓦倫坦，你是個勇敢的人。你不必再被放逐了，我要把你召回宮中，允許你和席薇亞結婚，只有你配得上我的女兒。」

「非常感謝您，陛下。」深受感動的瓦倫坦說：

「不過，我還有一事相求。」

「說吧。」公爵說。

「請您饒恕這些強盜吧，陛下。請您替這些人安排職位，他們並不是生來就是強盜的。」

「我原諒你和這些強盜。」公爵說：

「今後我也會給他們工作做。」

瓦倫坦又指著茱莉亞，他問公爵：

「陛下，您覺得這位侍從如何？」

公爵瞥了茱莉亞一眼，答道：

「我覺得這位少年散發出一種氣質。」

「她的氣質更勝一般少年呢。」瓦倫坦笑著說道。由於普羅透斯背叛了愛情和友情，他現在必須接受這唯一的懲罰，忍著羞愧，聽維洛那的茱莉亞，也就是賽巴斯汀在他面前述說她一路以來的冒險故事。

# 泰爾親王佩利克里斯

# 人物關係圖

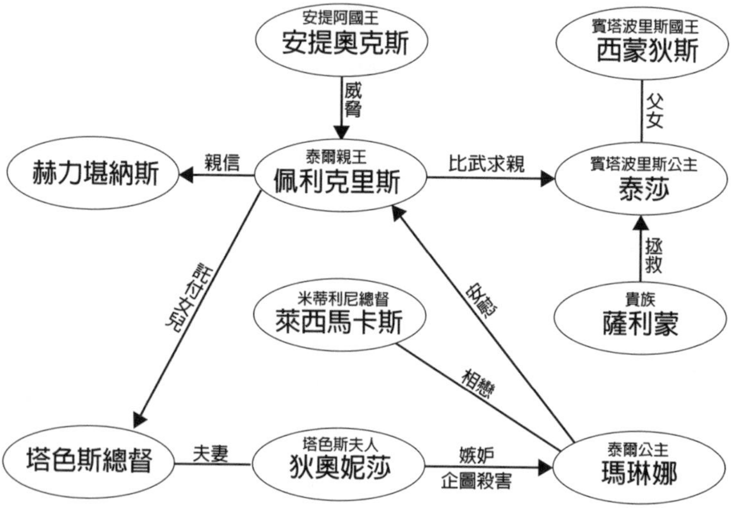
安提阿國王
安提奧克斯
威脅
賓塔波里斯國王
西蒙狄斯
父女
赫力堪納斯
親信
泰爾親王
佩利克里斯
比武求親
賓塔波里斯公主
泰莎
拯救
貴族
薩利蒙
託付女兒
安慰
米蒂利尼總督
萊西馬卡斯
相戀
塔色斯總督
夫妻
塔色斯夫人
狄奧妮莎
嫉妒
企圖殺害
泰爾公主
瑪琳娜

**泰爾**親王佩利克里斯不幸和強大又邪惡的安提阿國王安提奧克斯為敵。佩利克里斯的處境非常危險，於是他和他最信賴的大臣赫力堪納斯商量，決定暫時到世界各地旅行。雖然，在佩利克里斯的父王去世後，他已經是泰爾的親王了，但他仍決定出走。

於是，佩利克里斯把國事交給赫力堪納斯，坐船前往**塔色斯**了。我們很快就會明白，他離開自己的王國是正確的決定。

佩利克里斯正要出發時，安提奧克斯就派出了他的大臣薩利亞多前來殺害佩利克里斯。忠心的赫力堪納斯很快就看穿那名大臣駭人的企圖，立刻派人前往塔色斯警告佩利克里斯。

當時，塔色斯人窮得發愁，佩利克里斯覺得在這裡

**泰爾**

位於古代地中海東岸、腓尼基地區的城市，現在則是黎巴嫩的小城。傳說早在西元前二十八世紀左右就已存在，舊約聖經上也記載了這個地名。

**塔色斯**

這裡應指小亞細亞的主要都市塔爾蘇斯，以使徒保羅的出生地聞名。

無法安穩的過日子，於是再次坐船出海。然而，他坐的那艘船遭遇了一場可怕的暴風雨，全船上的人除了佩利克里斯以外無一倖免。

佩利克里斯受了傷，他全身濕透，暈了過去。海浪將他拍打上潘塔波里斯的海岸，躺在無情的岩石上。這裡是善良的賓塔波里斯國王——西蒙狄斯所統治的國家。佩利克里斯身心俱疲，離死亡不遠了。所幸，幾名上岸的漁夫發現佩利克里斯躺在那裡，給他衣服穿，要他振作起來。

「我帶你回家吧。」其中一名漁夫說：

「在我家，節日的時候有肉，**禁肉節**的時候有魚，還有布丁和鬆餅。歡迎你來。」

漁夫們告訴佩利克里斯，為贏得美麗的泰莎公主的

**禁肉節**

基督教徒為了不忘耶穌所受的苦，在這一天不吃鳥獸的肉。

芳心，隔天會有其他各國的王子和騎士前往皇宮，參加**馬上比武大會**。

「假如運氣站在我這邊，」佩利克里斯說：

「我也想上場試試。」

佩利克里斯說話時，正好有幾名漁夫拉著漁網經過。他們拚命的拉，卻因為太重而拉不太動。好不容易把魚網拉上岸一看，裡面居然有一副生鏽的盔甲。看見那副盔甲，佩利克里斯不禁感謝命運女神眷顧。他看出那就是自己的盔甲，是死去的父親留給他的。

佩利克里斯請求漁夫們把那副盔甲給他，好讓他去宮廷參加比武大會。他也和漁夫們約定，如果自己能夠**否極泰來**，一定會回贈一份厚禮。漁夫們立刻答應了。於是，做好萬全準備的佩利克里斯穿著生鏽的盔

**馬上比武大會**

用前端磨鈍的長矛將對手從馬上擊落，是騎士之間的競技項目，在十六世紀左右的歐洲相當盛行。

甲，前往宮廷。

比武大會上，佩利克里斯技壓群雄，贏得了勝利的桂冠，由美麗的公主親自為他戴上。公主應父王要求，詢問佩利克里斯叫什麼名字、從哪裡來。佩利克里斯答道，他是泰爾的騎士，名叫佩利克里斯。他沒有透露自己是泰爾的親王，因為他知道，安提奧克斯一旦發現自己身在何處，他的生命就會備受威脅了。

儘管如此，泰莎仍打從心底愛上佩利克里斯。國王對佩利克里斯的勇氣和優雅的舉止感到滿意，也樂見其成。泰莎說，如果不能和這位初次見面的騎士結婚，她就不想活了。

於是，佩利克里斯成為美麗公主的丈夫。從眾多為了贏得泰莎的愛，鼓起勇氣前來挑戰馬上比武的騎士

**否極泰來（第185頁）**

逆境到達極點之後好轉。

「否」在這裡讀作ㄆㄧˇ。

中，佩利克里斯脫穎而出。

另一方面，邪惡的安提奧克斯國王已經死了。泰爾的人民一直沒有親王的消息，他們頻頻催促暫時代理的赫力堪納斯坐上空著的王位。不過，赫力堪納斯和人民約定，若是佩利克里斯在年底前沒有回來，他才會坐上王位。接著，赫力堪納斯派出大批使者，到世界各地尋找下落不明的佩利克里斯。

其中幾名使者來到潘塔波里斯，在那裡找到了親王。他們向佩利克里斯報告，親王長期不在國內，人民有多麼不滿，加上安提奧克斯已經死去，現在沒有任何人阻礙親王回到王國了。

於是，佩利克里斯對妻子和岳父說出自己的真實身分。父女兩人及西蒙狄斯的大臣們得知，泰莎那位英勇的夫婿是正統的親王，都十分開心。於是，佩利克里斯帶著心愛的妻子，坐船前往他的國家了。

不過，大海這次仍對佩利克里斯十分殘酷。海上又颳起可怕的暴風雨，在風雨最大的時候，僕人前來告訴佩利克里斯他的女兒出生了。如果只有這個消息，佩利克里斯的心情一定能受到鼓舞。然而僕人接著告訴他，佩利克里斯的妻子——他深愛的泰莎，不幸在生產過程中去世了。

佩利克里斯祈求眾神保佑幼小的女兒。此時，水手們要求佩利克里斯，將死去的王后丟入海中，他們相信，只要船上有屍體，暴風雨就永遠不會平息。

於是，佩利克里斯把泰莎裝進長而狹窄的箱子裡，撒上**香料**、放上寶石。傷心欲絕的親王寫了一紙卷軸放進箱子，上面寫著：

假如這副棺木漂流上岸，
我想告訴發現棺木的人，
我是佩利克里斯親王，

**香料**
將具有獨特氣味的物質混合，產生令人感到舒服的氣味。香料的歷史悠久，可做為藥用或單純享受香味，在當時的歐洲是一種奢侈品。

失去了無人能取代的王后。
發現棺木的人，請您將她埋葬，
王后是西蒙狄斯國王的女兒。
棺木裡的寶石是給您的謝禮，
願這些寶石報答您的善心，
也願上天保佑您有好報。

之後，眾人就把箱子丟入海裡了。箱子隨著海浪漂流到**艾菲索斯**的岸邊。貴族薩利蒙的幾名僕人發現了那只箱子。

薩利蒙立刻叫僕人打開把箱子打開。薩利蒙看見泰莎如此美麗，不禁懷疑泰莎是否真的死了，立刻試著讓泰莎恢復心跳。結果，令人驚訝的事發生了——原本已

**艾菲索斯**

西元前十一世紀時，位於現在的土耳其大城伊茲密爾南方的城市。郊外有雄偉的戴安娜女神廟。

經死去而被投入海裡的泰莎竟甦醒過來。死而復生的泰莎見不到丈夫，決定隱居，成為侍奉**戴安娜女神**的祭司。

與此同時，佩利克里斯已經帶著幼小的女兒來到塔色斯附近了。他把女兒取名為瑪琳娜（意指海洋），因為她是在海上出生的。佩利克里斯將女兒託付給他的老朋友——塔色斯的總督後，就繼續坐船前往自己的王國。

塔色斯總督的妻子狄奧妮莎是個嫉妒心很重的壞女人。眼見公主長大之後變成比自己的女兒更有教養、更加迷人的少女，她決心要取瑪琳娜的性命。

於是，在瑪琳娜滿十四歲時，狄奧妮莎命令一名僕人把瑪琳娜帶出去殺了。這個壞人正要下手時，被一群

**戴安娜女神**

古羅馬時代受到崇拜的月之女神。原本是森林的守護神，後來也成為狩獵之神與女性的守護神。

剛上岸的海盜阻撓。他們帶著瑪琳娜出海，前往名為**米蒂利尼**的城市，在那裡把她當成奴隸賣掉。

不過，由於瑪琳娜個性善良，氣質和容貌都十分出眾，很快就贏得人們喜愛，就連年輕的米蒂利尼總督萊西馬卡斯也對瑪琳娜深深著迷。萊西馬卡斯想和瑪琳娜結婚，但又顧慮瑪琳娜得出身低下，自己這樣擁有地位的人，或許不適合娶她為妻。

另一方面，邪惡的狄奧妮莎聽了僕人的報告之後，相信瑪琳娜已死了。於是，她立了一座墓碑紀念瑪琳娜，也帶佩利克里斯親王去看。多年不曾出現的佩利克里斯來到塔色斯，原本想見見他最愛的孩子。聽聞女兒的死訊，佩利克里斯悲傷不已，實在令人不忍卒睹。

佩利克里斯再度出海。他穿著粗布衣，發誓從此不

**米蒂利尼**

位於愛琴海東部、列斯伏斯島東岸的城市。西元前七世紀至前六世紀，是島上最強大的古希臘國家。

再洗臉、也不再理髮。佩利克里斯在船的甲板上搭了帳篷，獨自睡在那裡。三個月過去了，他始終一句話也沒說。

終於，船航行到米蒂利尼的港口。總督萊西馬卡斯為了詢問這艘船從哪裡來，登上了船。萊西馬卡斯聽聞佩利克里斯陷入悲傷和沉默，他便想到瑪琳娜。他認為，瑪琳娜一定能讓親王從茫然喪志的狀態中清醒。於是，萊西馬卡斯派人把瑪琳娜找來。他吩咐瑪琳娜盡最大的努力讓親王開口說話，也答應她若是成功，可以獲得任何獎賞。

瑪琳娜很樂意聽從命令。於是，她請其他人離席。瑪琳娜坐了下來，對著沉浸在悲傷裡的可憐父親歌唱。她的歌聲雖然甜美，佩利克里斯依然沒有反應。經過一段時間後，瑪琳娜開始對佩利克里斯說話。她說，她內心的悲傷絕不亞於佩利克里斯。她還說，自己雖然是奴隸，但她的祖先的地位，也不輸給眼前這位握有權力的親王。

瑪琳娜的聲音和故事打動了親王的心，讓親王抬頭看看這位少女。一看之下，他發現少女長得非常像自己死去的妻子，他感到十分不可思議。於是，佩利克里斯心中燃起希望，要求少女說說自己的身世。

儘管中間好幾次被親王的問題打斷，瑪琳娜娓娓道來自己的身分，以及她是如何從殘忍的狄奧妮莎手中脫逃。這下佩利克里斯終於知道，眼前這位少女真的是自己的女兒。佩利克里斯流下感動的眼淚，一次又一次親吻瑪琳娜。佩利克里斯簡直要被歡喜的大海給淹沒了。

「把我的**長袍**拿來。」佩利克里斯說：

「噢，上帝啊，請保佑我的女兒！」

雖然其他人無法聽見，佩利克里斯耳邊傳來了神聖的音樂。夜裡，他在睡夢中看見了戴安娜女神的幻影。

「去吧。」戴安娜女神說：

**長袍**

垂至褲腳的寬鬆外衣，能夠彰顯穿著者的崇高地位。

「艾菲索斯有一座我的神殿。在那裡見到我的女**祭司**後，對她們說說你是怎麼在海上失去妻子的。」

佩利克里斯遵照女神的指示，在那座祭壇前訴說自己的遭遇。當他快說完時，女祭司突然大喊：「您、您是……噢、您是佩利克里斯陛下！」之後就暈了過去。不久，女祭司醒來了，她又對佩利克里斯說：

「噢，陛下，您該不會是佩利克里斯陛下吧？」

「這聲音……是我死去的泰莎啊！」親王不可思議的大喊。

「我就是您的妻子泰莎啊。」女祭司說。佩利克里斯看著她，知道她所說的都是真的。

就這樣，佩利克里斯和泰莎在經歷多年的痛苦之後，再度獲得了幸福。在重逢的喜悅中，兩人忘卻了過

**祭司**
看守神廟、管理供品的人，也負責舉行各種宗教儀式。

去所受的苦。

對瑪琳娜而言，更是莫大的幸福降臨。她不僅回到親愛的父母身邊，也和萊西馬卡斯結婚，在她曾經淪為奴隸的國家當上王后。

辛白林

# 人物關係圖

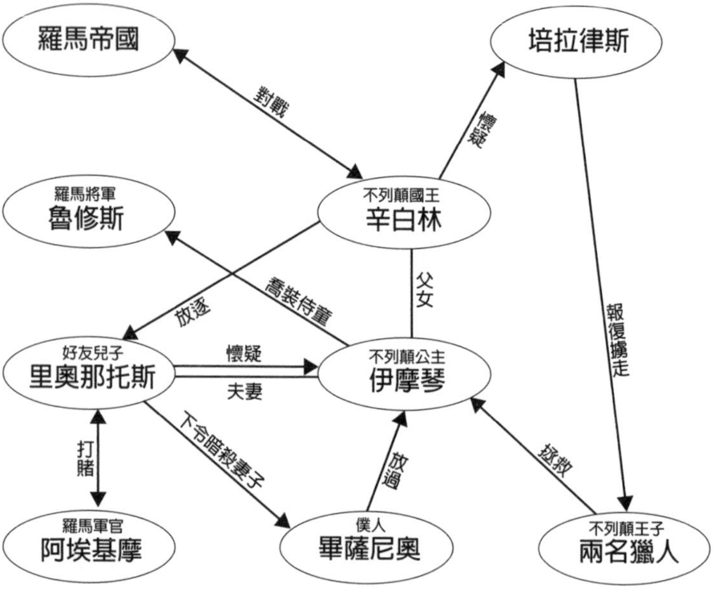
羅馬帝國
培拉律斯
對戰
懷疑
羅馬將軍
魯修斯
不列顛國王
辛白林
喬裝侍童
父女
放逐
報復擄走
好友兒子
里奧那托斯
懷疑
夫妻
不列顛公主
伊摩琴
打賭
下令暗殺妻子
放過
拯救
羅馬軍官
阿埃基摩
僕人
畢薩尼奧
不列顛王子
兩名獵人

辛白林是不列顛的國王，他有三個孩子。兩個兒子在很小的時候就被人偷抱走，只留下辛白林和女兒伊摩琴。

國王娶了第二任王后，還撫養了好朋友的兒子里奧那托斯，讓他陪伊摩琴一同成長。里奧那托斯和伊摩琴長大之後，偷偷結了婚，國王和王后知道之後非常生氣，國王為了懲罰里奧那托斯，將他逐出了不列顛。

可憐的伊摩琴不得不和里奧那托斯分開，她的心都碎了，里奧那托斯也同樣感到悲傷，兩人不只是戀人、夫妻，更是從小一起長大的朋友與夥伴。他們淚流滿面，一次又一次親吻彼此，互道再見。兩人約定絕不會忘記彼此，發誓有生之年不會移情別戀。

「親愛的，這只鑽戒是我生母留給我的。」伊摩琴說：

「你拿去吧，只要你還愛著我，就請你永遠戴著它。」

「我最可愛、最美麗的人兒啊。」里奧那托斯說：

「為了我，請妳戴上這只手鐲吧。」

「啊！」伊摩琴哭喊著：

「我們何時才能再見呢？」

兩人再度相擁時，國王進來，見兩人難分難捨，更加憤怒。里奧那托斯知道無法繼續和伊摩琴道別，他必須離開了。

里奧那托斯來到羅馬，住在父親的老朋友家裡。白天，他思念著伊摩琴，夜晚則在夢裡和伊摩琴相會。有一天，在一場宴會上，來自義大利和法國的貴族們談論起自己的戀人，他們誇耀自己的伴侶才是世界上最誠實、高貴、美麗的女子。其中一位法國貴族提醒了在座的人，里奧那托斯曾經說過他的妻子比法國任何女人都美麗、聰明，也更堅貞。

里奧那托斯說：

「我現在也同樣不會改口。」

一位義大利貴族阿埃基摩則說：

「世上沒有這麼完美的人吧，您是不是被騙了？」

里奧那托斯說：

「她不會騙我的。」

「我跟你打賭。」阿埃基摩說：

「我可以前往不列顛，說服你的妻子照我的意思行動，即使那違背了與你的誓言。」

「那是不可能的。」里奧那托斯說：

「我可以用我手上戴的這只戒指打賭。」那是他和伊摩琴分開時，伊摩琴送他的那個戒指。「我的妻子會遵守對我說過的每一句誓言。就算你要她做出違背誓言的事，她也不會如此對我。」

於是，阿埃基摩就用自己一半的財產來賭里奧那托斯的那只戒指。阿埃基摩拿著里奧那托斯寫給妻子的介紹信，動身前往不列顛了。阿埃基摩來到伊摩琴家，受到了殷勤的招待。即使如此，阿埃基摩仍決心要贏得這場賭注。

阿埃基摩對伊摩琴說，她的丈夫已經不愛她了，他不斷捏造有關里奧那托斯的殘酷謊言。剛開始，伊摩琴還很有耐心的聽，聽著聽著，她看出阿埃基摩這個人有多麼惡劣，便要求他離開。於是阿埃基摩說：

「請原諒我吧，美麗的夫人，我剛才所說的一切，全都是騙您的，我只不過想看看您會不會相信我，也就是說，您是不是如您丈夫所認為的那樣值得信任，才撒那些謊的，您願意原諒我嗎？」

「我很樂意原諒你。」伊摩琴說。

「那麼，」阿埃基摩接著說：

「請您保管這只大皮箱，做為您原諒我的證明。這只大皮箱裡放著許多寶石，是您的丈夫和我，以及其他幾位紳士打算送給羅馬皇帝的禮物。」

「為了我的丈夫和他的朋友，」伊摩琴說：

「我什麼都願意做。請把寶石搬進我的房裡，我願意幫忙保管。」

「只要一個晚上就好。」阿埃基摩說：

「明天，我又要離開不列顛了。」

於是，大皮箱就被搬進伊摩琴房裡了。

當天晚上伊摩琴熟睡之後，大皮箱的蓋子打開了，有個人從箱子裡冒了出來，沒錯！正是阿埃基摩。就像阿埃基摩先前撒的謊一樣，皮箱並不是真的需要保管，只是阿埃基摩為了贏得這場賭注，進入伊摩琴房間的惡劣手段而已。

阿埃基摩環顧四周，記下家具的擺設，接著他悄悄靠近睡著的伊摩琴，從伊摩琴手上把她丈夫離別時送給她的金手鐲摘下來。最後，他又躲回大皮箱裡，隔天早上連人帶箱上了船回羅馬去。

回國後，阿埃基摩和里奧那托斯碰面，他對里奧那托斯說：

「我去了一趟不列顛，贏得這場賭注了。你的妻子心裡已經沒有你，她讓我在房裡待了一夜，我們一直聊到天亮呢。她的房間掛著**壁毯**，有**壁爐臺**；壁爐的柴火架上，還有一對眨著眼的**邱比特**。」

「我不相信她會把我忘了，也不相信她會在房間裡和你徹夜談話，她房裡的擺設，一定是你從僕人口中打聽來的。」

「是嗎？」阿埃基摩說：

「不過，她把這只手鐲給了我呢。這是伊摩琴自己從手腕上摘下來送給我的。她的身影，到現在還深深映在我眼前。比起這份禮物，她的舉止更具意義。伊摩琴給我這只手鐲的時候還說這是她過去十分珍惜的東西。」

「戒指你拿去吧！」里奧那托斯大喊：

「這場賭注是你贏了，最好連我的命也一起拿去吧。我的妻子已經把我忘了，對我來說，生命已經沒有任何價值了。」

被憤怒沖昏頭的里奧那托斯寫了一封信，給在不列顛、侍奉他多年的僕人畢薩尼奧，要畢薩尼奧把伊摩琴帶到米爾福德港並殺了她以報復伊摩琴忘了自己，還把

**壁毯（第203頁）**以染色的羊毛或金、銀絲線織出圖案，掛在牆上或鋪於地板、家具，用來裝飾室內空間的毯子。

**壁爐臺（第203頁）**

他送的手鐲給了別人。

同時，里奧那托斯也寫了一封信給伊摩琴，要伊摩琴跟著畢薩尼奧一起前往米爾福德港，他會在那裡和她見面。

幸好，畢薩尼奧是個非常善良的人，他無法執行信裡的命令，但他也非常聰明，知道不能就這樣無視命令。於是，畢薩尼奧把里奧那托斯寫來的信交給伊摩琴，和伊摩琴一起出發前往米爾福德港。他們離開宮廷之前，邪惡的王后給畢薩尼奧一瓶藥水，告訴他這是能治病的藥。王后暗自，等畢薩尼奧把藥拿給伊摩琴，伊摩琴中毒身亡之後，她的兒子就能繼承王位了。事實上，王后以為的那瓶毒藥，只是安眠藥而已。

就在畢薩尼奧和伊摩琴快抵達米爾福德港時，畢薩

**邱比特（第203頁）**

希臘神話裡的愛神。模樣通常為背上長了一對小翅膀、手裡拿著弓箭的可愛小孩，總是頑皮的亂射手中的箭，被射中的人們就會彼此相愛。

尼奧告訴伊摩琴，里奧那托斯寫信給她的真正目的。

「我要去羅馬見我的丈夫。」伊摩琴說。

畢薩尼奧替伊摩琴換上少年的服裝，送她上路，自己又回到宮廷了。兩人分開前，畢薩尼奧把王后給他的藥水交給了伊摩琴。

伊摩琴不停趕路，越走越疲倦。最後，她來到一座洞穴，裡面有人居住的跡象，不過當時並沒有人在。伊摩琴餓得受不了，於是走進洞穴，吃起裡面的食物。她吃完時，有一名老人和兩名少年走了進來。看見這三個人，伊摩琴非常吃驚。她心想，自己吃了他們的食物，不知道他們會不會生氣。伊摩琴原本打算在離開前把錢放在桌上的。

令她訝異的是，三人十分親切的款待她。穿著少年服裝的伊摩琴非常俊美，那是一張既美麗也顯露善良本質的臉。

兩名少年說：

「我們就把你當成弟弟吧。」

於是，伊摩琴和這三個人一起生活，不但幫忙做飯，還費心讓洞穴住起來更舒適。

然而有一天，那位名叫培拉律思的老人和兩名少年外出打獵時，伊摩琴突然覺得不太舒服，她決定試試看畢薩尼奧給她的藥水。

於是，伊摩琴喝了那瓶藥水。她立刻陷入昏睡，好像死了一樣。培拉律思和少年們打獵回來時，都以為伊摩琴已經死了，他們痛哭流涕，為她唱了好幾首輓歌，把伊摩琴抬到森林裡，用鮮花覆蓋她的身體。

三個人又為伊摩琴唱了幾首柔美的歌曲，在她身上放滿淡藍色的櫻草、天藍色的**圓葉風鈴草**、野薔薇以及柔軟的青苔，悲傷的離開了。

三人才剛離開，伊摩琴就醒了。她不知道自己怎麼

**圓葉風鈴草**

高度約十五至三十公分，初夏到秋季會開深藍色和紫色的花。

會來到這裡，也不知道自己身在何處，就這樣在森林裡徘徊。

伊摩琴住在洞穴的這段期間，羅馬人決定攻打不列顛。里奧那托斯也隨著羅馬軍隊一起來到不列顛了。里奧那托斯對於自己對伊摩琴所做的事感到後悔，他回來並不是為了幫羅馬人攻打不列顛軍隊，而是幫助不列顛人攻打羅馬軍隊。

伊摩琴獨自漫無目的走著。她遇見了羅馬軍隊的將軍魯修斯，魯修斯便收她為侍從。

羅馬軍隊和不列顛軍隊打仗時，培拉律思和兩名少年為了報效祖國而戰，而喬裝成不列顛農夫的里奧那托斯，也和他們並肩作戰。羅馬軍隊一度俘虜了不列顛國王辛白林，但老培拉律思及兩個兒子和里奧那托斯同心協力，勇敢的將國王救了出來。

不列顛軍隊打了勝仗。被帶到國王面前的俘虜中，有魯修斯、伊摩琴、阿埃基摩，還有里奧那托斯，因為里奧那托斯又穿上了羅馬士兵的制服。自從自己殘忍的命令僕人殺害妻子之後，他對活著已經感到厭倦，希望自己能和羅馬士兵一樣被處以死刑。

俘虜被帶到國王面前時，魯修斯說：

「擁有羅馬精神的羅馬人，會乾脆的接受死亡。如果我必須死，就殺了我吧。只不過，我有一事相求，我的侍從是在不列顛出生的，請您放了他吧。再也找不到這麼和善、順從、勤勉又誠實的侍從了。他對不列顛人沒有任何危害，請您饒了他吧，陛下。」

辛白林看著這名侍從，那是他的女兒伊摩琴所喬裝。辛白林雖然沒認出女兒，心中卻湧現一股難以言喻的慈愛，讓他覺得光是饒了少年的命還不夠。辛白林對少年說：

「你有什麼要求，我都答應你。如果你要我原諒這些俘虜，就算是身分最高貴的俘虜，我也會原諒他的。」

於是，伊摩琴說：

「我想請您讓這位紳士說明，他手上戴的戒指是從哪裡得到的。」伊摩琴指著阿埃基摩。

「說吧。」辛白林說：

「你手上那只鑽戒是從哪裡來的？」

於是，阿埃基摩把自己所做的壞事，一五一十說出來了。聽完阿埃基摩的話，里奧那托斯忍不住走上前來，咒罵自己是多麼愚蠢，竟然相信阿埃基摩的謊言。他一次又一次呼喊著以為已經死去的妻子。

「哦，伊摩琴！我可愛的妻子、我的生命啊！」里奧那托斯大喊：

「哦，伊摩琴！」

伊摩琴忘了自己身上的裝扮，她也哭喊：

「冷靜下來吧，親愛的。沒事了、沒事了！」

里奧那托斯遭遇這麼重大的打擊時，這個不知天高地厚的侍從竟敢插嘴，里奧那托斯正想教訓他一頓。回頭一看，他認出那就是他的妻子伊摩琴了，重逢的兩人緊緊抱在一起。

國王很高興能再見到可愛的女兒，也很感謝拯救自己的這個人（現在他知道那是里奧那托斯了），他對兩人的婚事給予祝福。接著，國王轉向培拉律思和那兩名少年。

培拉律思說：

「我是曾經侍奉過陛下的培拉律思。在我一心一意效忠陛下的時候，陛下卻指控我有叛國之心。因為遭到懷疑，我的心裡萌生了背叛的念頭，於是我偷偷抱走了陛下的兩個孩子。如今，請您看看，您的兩個孩子就在這裡啊！」

培拉律思把兩名少年推上前來。他們以為伊摩琴和自己一樣是男孩子，曾經發誓要當她的哥哥，原來他們真是兄妹。

邪惡的王后，見大局已去，便喝下毒藥死了。有三個孩子陪在身邊的國王之後過得幸福，活到很老。

# 馬克白

# 人物關係圖

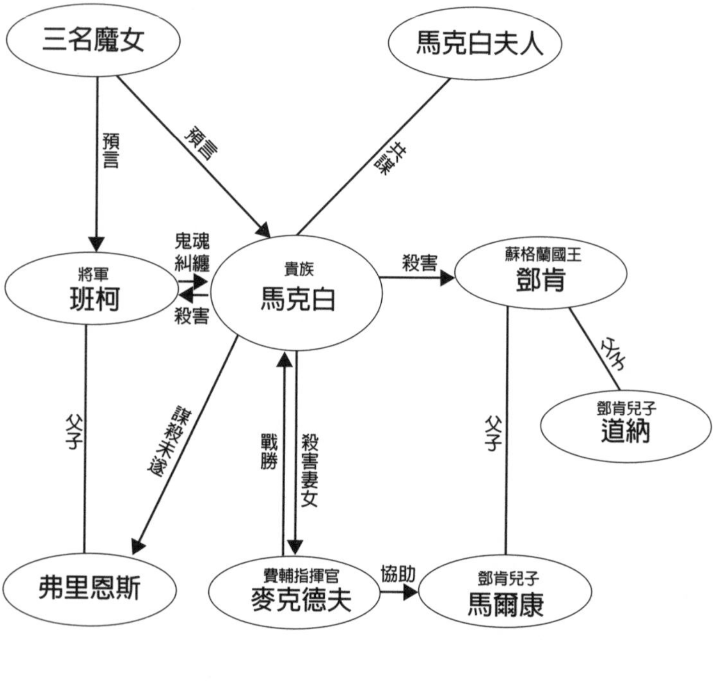

三名魔女
馬克白夫人
預言
預言
共謀
鬼魂
糾纏
殺害
將軍
班柯
貴族
馬克白
殺害
蘇格蘭國王
鄧肯
父子
鄧肯兒子
道納
父子
謀殺未遂
戰勝
殺害妻女
父子
弗里恩斯
費輔指揮官
麥克德夫
協助
鄧肯兒子
馬爾康

若要講述馬克白的故事，有兩個不同的版本可以說。其中之一，描述有一個人在西元一〇三九年藉由一樁罪行而登上**蘇格蘭**王位，在位超過十五年，大致上公正、順利的統治著國家，這個版本已經成為蘇格蘭史的一部分。另一個版本則是從「想像力」之中誕生，是個黑暗卻又精采的故事。這裡就為大家講述這個版本吧。

在**懺悔者愛德華國王**統治英格蘭的前一兩年，馬克白和班柯兩位將軍在蘇格蘭和**挪威**國王作戰，由馬克白這一方獲得勝利。戰爭結束後，將軍們步行前往艾爾銀西亞的福里斯，蘇格蘭國王在那裡等待他們。

兩人穿過一片沒有人煙、長了**石楠**的荒原時，看見了手牽著手的三姊妹，她們下巴長了鬍子，衣衫襤褸、滿臉皺紋。

**蘇格蘭**

長久以來都和相鄰的英格蘭王國競爭，直到西元一七〇七年才形成統一的王國。礦產豐富，酪農業興盛。

**懺悔者愛德華國王**

英格蘭國王，西元一〇四二至一〇六六年在位。是一位虔誠的信徒，修建了西敏寺等修道院，因而被稱為「懺悔者」。

「妳們是什麼人？」馬克白質問道。

「啊，馬克白，葛萊密斯的指揮官。」第一位女子說。

「啊，馬克白，考特的指揮官。」第二位女子說。

「啊，馬克白，未來的國王。」第三位女子說。

接著，班柯問：

「那我呢？」

「你會成為國王們的父親。」

「再多說一些。」馬克白說：

「我父親過世後，我就是葛萊密斯的指揮官了。不過，考特的指揮官還活著，國王和他的孩子們也都還活著。喂，妳們剛說的是什麼意思啊！」

三位女子沒有回答，突然在馬克白眼前消失。班柯

**挪威（第215頁）**

位於斯堪地那維亞半島西北部的王國。平原狹小，森林面積廣大，林業、農業及漁業都十分興盛。

**石楠（第215頁）**

高度從十五公分到三公尺不等，冬季至春季會開白、粉紅、紅色的花。多生長於荒原，常被用於建造小屋或編織草蓆。

和馬克白這才發現，自己是在和三個魔女說話。

兩人正談論著剛才得到的預言，有兩位貴族走向他們，其中一人以國王的名義，感謝馬克白在戰場上立下的功績。另一人則說：

「國王命令我們稱呼您為考特的指揮官。」

馬克白這才知道，到昨天為止還擁有這個稱號的人，就要因叛國罪被處決了。馬克白心中不禁想著：

「第三個魔女說我是未來的國王。」

「班柯。」馬克白說：

「你現在知道了吧，那幾個魔女對我說的是事實。你還不相信自己的子孫會當上國王嗎？」

班柯眉頭深鎖。鄧肯國王有兩個兒子，馬爾康和道納本，班柯若是希望自己的兒子弗里恩斯統治蘇格蘭，就是對國王不忠了。班柯對馬克白說，那幾個魔女也許是藉著王位的預言，引誘我們犯下惡行。然而，聽到自己將會成為國王的預言，馬克白實在太高興了，他無法悶在心裡，在信中把這段奇遇告訴了妻子。

馬克白夫人是前蘇格蘭國王的孫女。她的祖父和現任國王的父親爭奪王位繼承權時戰死了。在鄧肯的先父命令之下，也殺了她唯一的手足。對夫人而言，鄧肯會讓她想起那樁慘劇。她的丈夫出身於高貴的家族，馬克白夫人看完來信之後，決心幫助自己的丈夫成為國王。

一名使者前來通知馬克白夫人，鄧肯要在馬克白的城堡過夜，於是她鼓起勇氣，計畫要用極為卑劣的手段除掉鄧肯。

鄧肯才抵達不久，夫人就對馬克白說，絕不能讓他看見明天的太陽。她的意思是鄧肯必須死，而死人的眼睛當然什麼都看不見了。

「待會再說吧。」馬克白顯得相當不安。到了夜晚，馬克白想起鄧肯對他的親切。要不是受到夫人唆使，他很樂意饒這位客人一命。

「你天生就這麼懦弱嗎？」

馬克白夫人質問丈夫，她把道德和懦弱混為一談了。

「只要是合乎道德的事，我都願意做。」馬克白說：

「要是做出踰矩的事，就稱不上是人了。」

「那你為什麼寫那封信給我呢？」馬克白夫人激動的追問道。接著，她硬是要丈夫殺人，又巧妙的指導他殺人的方法。

吃過晚餐後，鄧肯就寢了，有兩名侍衛站在寢室門邊看守。馬克白夫人請兩名侍衛喝酒直到他們醉倒在地。然後，她拔出兩人的短劍。若不是國王熟睡的臉龐有點像夫人的父親，她可能會親手殺了國王。

馬克白來了，他看見短劍放在兩名侍衛旁邊，他進到國王的寢室，很快的，他回到妻子面前，鮮血染紅了他的雙手。

「快去洗手。」馬克白夫人說：

「為什麼你不把短劍放在侍衛身旁？快把短劍放回去，再把血塗在侍衛身上。」

「我沒有勇氣再回去了。」馬克白說。

他的妻子倒是有勇氣。馬克白夫人和丈夫一樣，雙手沾滿鮮血的回來了。夫人得意的對丈夫說，她才不像他這麼膽小，她看不起心生畏懼的丈夫。

這兩個殺人兇手聽見了敲門的聲音。馬克白心想，要是這敲門聲能叫醒死者就好了。

敲門的是費輔的指揮官麥克德夫。鄧肯交代麥克德夫一大早就來見他。馬克白走向麥克德夫，帶他到國王的房門口。

麥克德夫進了房間，立刻驚叫著退了出來。

「啊、太可怕了！怎麼會、怎麼會發生這麼可怕的事！」

馬克白臉上的恐懼和麥克德夫不相上下。他假裝不忍看見殺害鄧肯國王的兇手還活著，用侍衛身上的短劍殺了他們，兩名侍衛來不及替自己喊冤便成了陪葬。

殺人事件的真相就這樣石沉大海了。

馬克白在**司康**舉行了**加冕儀式**。鄧肯的其中一個兒子逃往愛爾蘭，另一個兒子馬爾康則到英格蘭避難。

馬克白成為了國王。然而，馬克白仍不滿足。關於班柯的預言還重重的壓在他心上。如果是班柯的兒子弗里恩斯成為國王，就表示馬克白的兒子將來不能統治國家了。於是，馬克白決定把班柯和他的兒子弗里恩斯都殺了。

馬可白僱用了兩名惡徒。某天晚上，他們把班柯殺了。當時，班柯和弗里恩斯正在前往馬克白為貴族舉辦的宴會途中，所幸弗里恩斯逃走了。

另一方面，馬克白和王后誠摯的招待賓客，他們按照慣例，用這句開場白來歡迎賓客：

「各位，但願充分的消化能帶來食慾，也願你們的消化和食慾都健全。」

「陛下，請您務必賞光，與我們同坐。」蘇格蘭貴族列諾克斯說道。馬克白還沒回答，班柯的鬼魂忽然來到會場，坐在馬克白將要坐上的那張椅子。

**司康**

蘇格蘭歷代國王舉行加冕儀式的地點。

**加冕儀式**

歐洲各國國王或皇帝即位時，將象徵權力的冠冕戴上的儀式。

馬克白沒有發現班柯的鬼魂，他還說，如果班柯也在場的話，可說是蘇格蘭所有傑出的騎士都聚集在他的屋簷下了。其實，麥克德夫斷然的拒絕了馬克白的邀請，因此他也不在場。

貴族們再度請馬克白坐下。列諾克斯看不見班柯的鬼魂，他請馬克白坐在班柯的鬼魂所坐的那張椅子上。

不過，馬克白天生看得見鬼魂，在他眼裡，鬼魂看起來像是一團由霧和血混合而成的物體。馬克白生氣的質問道：

「這是誰搞的鬼？」

可是，除了馬克白本身，沒有人看得見鬼魂。馬克白對著鬼魂說：

「你可不能說出是我做的。」

鬼魂像一陣煙般飄了出去。馬克白不知羞恥的說：

「祝在場的各位幸福，也祝福沒有出席的班柯。」接著舉杯敬酒。

敬完酒之後，班柯的鬼魂又來了。

「滾開！」馬克白大叫：

「你沒有感覺，也沒有心！躲回地底去吧，可怕的幻影！」

這次也一樣，除了馬克白以外，沒有任何人看見鬼魂。

其中一位貴族問道：

「陛下在看什麼呢？」

王后不敢讓馬克白回答，急忙告訴賓客們馬克白今日的精神不是很好，而且只要開口說話，狀況就會越來越糟，趕緊讓人送他回房休息。

不過，馬克白隔天就恢復了，他甚至還能和那幾個用預言讓他墮落至此的魔女對話。

雷聲隆隆的某一天，馬克白在一處洞穴找到了那幾個魔女。魔女們繞著一口大鍋子打轉，鍋裡咕嚕咕嚕的煮著許多從沒看過的、可怕生物的肉塊。在馬克白抵達之前，魔女們已經知道他會來了。

「回答我的問題。」國王說。

「你想聽我們回答，還是聽我們的主人回答呢？」第一個魔女說。

「叫你們的主人出來吧。」馬克白回答。

於是，魔女們立刻在大鍋裡倒入鮮血，又往火舌上添油。

一顆戴著頭盔的頭顱出現了。頭盔的**面罩**是蓋上的，馬克白只能看見眼睛的部分。

馬克白對頭顱說話。第一個魔女嚴肅的告訴他：

「他知道你在想什麼。」

接著，頭顱開口了：

「馬克白，要小心費輔的指揮官麥克德夫。」

頭顱沉入大鍋子裡，看不見了。

「再多告訴我一點吧。」馬克白懇求道。

**面罩**

用來保護臉部的配件，是頭盔的一部份，可以上下移動。為了能看見前方，眼部是挖空的。

「他不會聽從命令的。」第一個魔女說。然後，有個戴著王冠的孩子，拿著一棵樹從大鍋裡爬了上來。

馬克白絕不會被消滅，
除非伯南的樹林向丹希南山丘移動，
朝他攻打過來。

「那是不可能的。」馬可白說。接著，馬克白又問，班柯的子子孫孫是否將會掌管蘇格蘭。

這時，大鍋沉入地下，音樂響起。一列國王的幻影從馬克白身邊經過，隊伍最後則是班柯的鬼魂。馬克白看見每位國王都有神似班柯之處，人數一共有八位。

忽然之間，只剩下馬克白一個人了。

馬克白的下一步就是派刺客前往麥克德夫的城堡。

刺客找不到麥克德夫，於是逼問麥克德夫的夫人。夫人語帶譏諷，逼問夫人的刺客則稱麥克德夫為叛徒。

「騙子！」

麥克德夫幼小的兒子大喊，下一刻他就被刺死了。嚥下最後一口氣時，他請母親趕快逃跑。刺客殺光城堡裡的人後才離開。

麥克德夫正在英格蘭，他和鄧肯的兒子馬爾康一起，聽一位醫生講述懺悔者愛德華國王治好病人的佳話。

麥克德夫的朋友洛斯前來告知他的妻子和孩子們被殺害的噩耗。一開始，洛斯沒有勇氣說出真相。他害怕麥克德夫聽完故事後，對於愛德華國王的恩德使病人好轉產生的共鳴會瞬間轉為悲傷與仇恨。然而，當洛斯從馬爾康口中得知，英格蘭將派出對抗馬克白的軍隊前往蘇格蘭時，洛斯才把真相全盤托出了。

麥克德夫喊道：

「所有人都死了？此話當真？我那群可愛的孩子和他們的母親也都死了？所有

的人？」

麥克德夫心中只剩下復仇這個悲傷的願望。不過，要是麥克德夫看得見馬克白那座位於丹希南山丘的城堡，他應該會看見比復仇更肅穆的力量正在運作——有人遭受天譴了。

馬克白夫人開始變得精神有點不正常。她做著可怕的夢、四處夢遊，她一次又一次洗手，每次長達十五分鐘。然而，無論她怎麼清洗，皮膚上仍然看得見鮮紅的血漬。她哭喊著就算用盡阿拉伯所有的香料，也無法把這雙手洗乾淨，馬克白聽了覺得心疼。

「難道無法治好她的心病嗎？」馬克白問醫生。醫生卻回答，只有病人本人才能治好自己的心病。這個回答讓馬克白瞧不起醫術了。

「醫術這種東西，拿去餵狗吧！」馬克白說：

「對我一點用處也沒有。」

一天，馬克白聽見幾個女人在哭泣。他的一位部下走上前來，對他說：

「陛下，王后去世了。」

「熄滅吧，燒短的蠟燭。」馬克白喃喃自語道。他明白，人生就像蠟燭一樣，只要吹一口氣就會熄滅。馬克白並沒有哭，他太習慣死亡了。

最後，一名哨兵前來向馬克白報告，他看見伯南的樹林正朝這裡推進。馬克白氣得大喊「一派胡言、蠢才！」他威脅哨兵，若是說謊，就要吊死他。

「如果你說的是真的，就把我吊死吧。」馬克白說。

從丹希南城的塔樓窗口往外看，伯南的樹林看起來的確正在前進。原來，英格蘭的每個士兵都在伯南的樹林裡砍下一根樹枝、高高舉起，看起來就像會動的樹木一樣，朝丹希南山丘爬上來了。

馬克白決定要出去決一死戰，不是征服敵人就是戰死沙場。而在戰場上的第一件事，就是以一對一的方式殺死英格蘭將軍的兒子。當時，馬克白認為和自己對戰的人都難逃一死。當麥克德夫帶著滿腔復仇的熱血衝上來時，馬克白說道：

「回去吧，我手上已經沾染太多你的家族的血了。」

麥克德夫說：

「先問過我手上這把劍吧。」

接著，麥克德夫劈向馬克白，命令他投降。

「我不投降！」馬克白說。但是，馬克白的死期已到，他終究被打敗了。

麥克德夫抓著馬克白的頭髮，提著他的頭顱來到馬爾康面前。不久，馬克白的軍隊便潰敗了。

「國王萬歲！」麥克德夫大聲呼喊。

就這樣，在馬克白之後，由馬爾康統治了蘇格蘭。又過了幾年，就由班柯的子孫當上國王，而那又是另一個故事了。

# 奧賽羅

# 人物關係圖

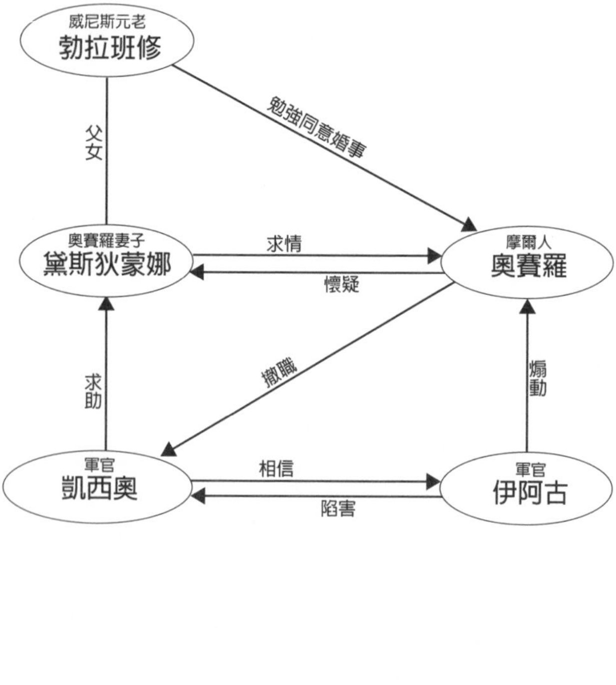
威尼斯元老
勃拉班修
父女
勉強同意婚事
奧賽羅妻子
黛斯狄蒙娜
求情
懷疑
摩爾人
奧賽羅
撤職
求助
煽動
軍官
凱西奧
相信
陷害
軍官
伊阿古

大約四百年前，威尼斯有一位名叫伊阿古的**旗官**，對奧賽羅將軍懷恨在心，因為不管他如何自薦，奧賽羅始終沒有升他為**副將**，而選擇了麥克·凱西奧。畢竟凱西奧能言善道，還曾幫助奧賽羅贏得心儀的黛絲狄蒙娜的芳心。

伊阿古有個朋友名叫洛特利哥，洛特利哥曾向黛絲狄蒙娜求婚，但被拒絕了。他給了伊阿古一筆錢，請伊阿古替他和黛絲狄蒙娜作媒。

洛特利哥認為，若是沒有和黛絲狄蒙娜結婚，他就無法得到幸福。

奧賽羅是**摩爾人**，膚色非常深，他的敵人都稱他為摩爾黑人。奧賽羅的人生並不順遂，曾經在戰場上被俘虜，當成奴隸賣掉，也曾環遊世界，看過肩膀比頭還高

**旗官**
在步兵連隊負責掌旗的軍人。軍階相當於指導新兵的資深少尉。

**副將**
輔佐司令官，負責監督軍中事務的軍人。軍階相當於中將。

**摩爾人**
北非一帶，說柏柏語的柏柏族，曾是伊比利半島上的主要勢力，令歐洲人感到懼怕。

的民族。

奧賽羅雖然像獅子一樣勇猛，但他有個致命的缺點，就是嫉妒。奧賽羅的愛，是自我中心的愛，相當可怕。對奧賽羅而言，愛上一個女人，和把一個沒有生命也沒有想法的東西徹底占為己有是一樣的。因此，奧賽羅的故事，是充滿嫉妒的故事。

有天晚上，伊阿古告訴洛特利哥，奧賽羅瞞著黛絲狄蒙娜的父親勃拉班修，把黛絲狄蒙娜帶走了。伊阿古要洛特利哥去煽動勃拉班修。這時，身為**元老院**議員的勃拉班修出現了。伊阿古用最不堪入耳的說法告訴勃拉班修這件事。勃拉班修雖然是奧賽羅的部下，仍氣得罵奧賽羅是強盜、**巴巴利**野馬。

勃拉班修在威尼斯公爵面前控訴奧賽羅用魔法引誘

**元老院**

一種諮詢機關，議員多為退休政務官，在政策決定前提供政府意見。於內政、外交等方面擁有極大影響力。

**巴巴利**

涵蓋北非的利比亞、突尼西亞、阿爾及利亞、摩洛哥地區，以名駒的產地聞名。

他的女兒。奧賽羅反駁說他若使用了什麼魔法，那就是自己的聲音吧。他只是對黛絲狄蒙娜描述他的冒險，以及他在千鈞一髮之際脫困的故事而已。

黛絲狄蒙娜被帶進了會議室。她說：

「我看見了奧賽羅內心他真實的模樣。」她說明自己奮不顧身愛上奧賽羅的經過。

後來，奧賽羅和黛絲狄蒙娜結婚了，儘管奧賽羅有一張幾乎全黑的臉，大家見黛絲狄蒙娜很高興的成為奧賽羅的妻子，便再也沒有人說他的壞話了。而公爵也指派奧賽羅前往**賽普勒斯島**，賦予他防禦**土耳其**人進攻的重要任務。奧賽羅做好準備，隨時可以出發；黛絲狄蒙娜則央求和丈夫一起去，奧賽羅答應在賽普勒斯島與她會合。

**賽普勒斯島**

地中海東部的島嶼，處於交通和軍事上的重要位置，自古以來便是各國爭奪之地。

**土耳其**

由小亞細亞半島和東色雷斯構成的共和國。十六世紀時建立了龐大帝國，但也隨著領土相繼獨立建國而衰弱。

在賽普勒斯島上岸時，奧賽羅心中無比喜悅。不久，黛絲狄蒙娜和伊阿古、伊阿古的妻子、洛特利哥也一起抵達了。奧賽羅對她說：

「噢，我的愛人，我真不知道該說什麼才好，我真眷戀自己的幸福。」

之後，前線傳來了土耳其艦隊無法再戰的消息。奧賽羅宣布，將從晚上五點到十一點，在賽普勒斯島舉行慶功宴。

奧賽羅在賽普勒斯島的城堡由凱西奧值夜。於是，伊阿古打算要讓副將凱西奧醉得不省人事。一開始，伊阿古進行得並不順利，因為凱西奧很清楚，自己一旦碰了酒就一定會喝醉，並且失去理智。然而，僕人們把葡萄酒搬進凱西奧的房間，伊阿古則唱著飲酒歌。就這樣，凱西奧舉杯為將軍的健康祝賀，喝了一杯又一杯。

凱西奧醉得想找人打架，伊阿古趁機叫洛特利哥說一些讓凱西奧不開心的話，惹得凱西奧拿起棍棒毆打洛特利哥。洛特利哥逃跑時，遇見了前任總督蒙泰諾，蒙泰諾好意替兩人調解，卻換來凱西奧粗魯的回應。

最後，喝醉的凱西奧還把蒙泰諾打傷了。伊阿古叫洛特利哥到外面大喊「造反了」，把整個城鎮都吵醒。奧賽羅也被這場騷動吵醒了，聽完事情經過，他說：

「凱西奧，我雖然器重你，但我不能再讓你當我的部下了。」

凱西奧和伊阿古兩人獨處時，被貶職的凱西奧悲嘆著自己的名譽。伊阿古安慰他，名譽只是用來騙人的東西。

「上帝啊！」凱西奧聽不進伊阿古說的話，他大喊：

「人類這種生物，明知酒是敵人還喝下肚，讓敵人偷走了自己的腦袋！」

伊阿古建議凱西奧，不如拜託黛絲狄蒙娜替他向奧賽羅求情。

凱西奧聽了這個建議非常高興，第二天早上，他就在城堡的庭院裡請黛絲狄蒙娜幫忙。黛絲狄蒙娜為人非常和善，她說：

「打起精神來，凱西奧。若要對你見死不救，那我寧可去死。」

這時，凱西奧看見奧賽羅和伊阿古一起朝這裡走來，他急忙往反方向離開了。

伊阿古見狀，突然說了一句：

「我真是看不下去了。」

奧賽羅發覺伊阿古的不悅，他問道：
「你說什麼？」
不過，伊阿古卻假裝自己什麼也沒說。
「剛才從我妻子身旁走開的，不是凱西奧嗎？」奧賽羅問。伊阿古明知道那就是凱西奧，也知道為什麼凱西奧會在那裡，他卻回答：
「我不認為凱西奧會那樣鬼鬼祟祟的逃走。」
黛絲狄蒙娜對奧賽羅說，凱西奧看見他走近就離開，是因為凱西奧深深感到懊悔和慚愧。黛絲狄蒙娜提醒丈夫，在她還沒墜入情網、還因奧賽羅是個摩爾人而瞧不起他時，凱西奧替奧賽羅說了多少好話。奧賽羅軟化了，他說：
「我就是無法對妳說不。」
黛絲狄蒙娜則回說：「我提出的請求就像平常要求你吃飯一樣，是為了你好。」
黛絲狄蒙娜離開後，伊阿古問奧賽羅，凱西奧是否在他們婚前就認識夫人了。
「是啊。」奧賽羅說。

「原來如此。」伊阿古說。他的口氣聽起來像是之前一直感到不可思議的事，豁然開朗了。

「凱西奧難道不老實嗎？」奧賽羅質問。伊阿古卻疑惑的重複說著「老實」這個詞，彷彿不敢回答「不老實」。

「你是什麼意思？」奧賽羅追問。

伊阿古的回答，和他對凱西奧說的話完全相反。伊阿古對凱西奧說，名譽只是用來騙人的東西，卻對奧賽羅說：

「偷走我的錢財的人，就像偷走糞土一樣；然而，偷走我的名譽的人，就是要毀滅我。」

聽見這句話，奧賽羅氣得跳腳。伊阿古知道奧賽羅的嫉妒心很重，於是故意勸奧賽羅不能嫉妒。沒錯，把嫉妒比喻為「將上鉤的人玩弄於股掌間的綠眼怪物」的人，正是伊阿古。

伊阿古緊抓奧賽羅的弱點不放。他說，黛絲狄蒙娜和奧賽羅私奔時，便欺騙了自己的父親。伊阿古話中的意思是：

「您的夫人自己的父親都敢欺騙了，怎麼不敢騙您呢？」

之後，黛絲狄蒙娜又來到庭院，告訴奧賽羅餐點準備好了。黛絲狄蒙娜發覺丈夫有些心浮氣躁，奧賽羅表示他頭痛，黛絲狄蒙娜於是拿出了奧賽羅送給她的手帕。那條手帕來自一位活了兩百歲的女預言師，是以神淨化過的**蠶**繭抽出的絲做成，從處女心臟抽出的液體染色，上面還有草莓圖樣的刺繡。黛絲狄蒙娜沒有多想，她認為手帕蓋在抽痛的額頭上有冷卻效果，卻不知道這條手帕被下了詛咒，弄丟手帕的人會招來毀滅。

「把這條手帕蓋在頭上吧。」黛絲狄蒙娜對奧賽羅說：

**蠶**

幼蟲吃了桑葉後會逐漸長大，最後吐絲結成白色的繭，人類再從繭抽取絲線來使用。據說一隻蠶可以吐出一千五百至兩千公尺的絲。

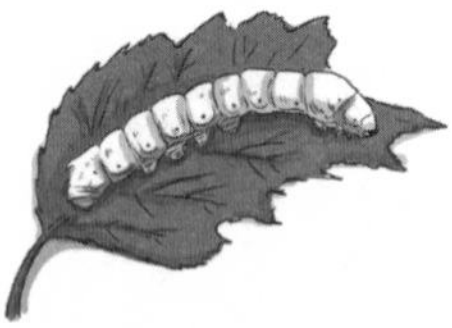

「一小時後就會好多了。」

不過，煩躁的奧賽羅嫌手帕太小，把手帕扔在地上了。之後，黛絲狄蒙娜和奧賽羅進入屋內用餐，而那條手帕則被伊阿古的妻子，也是黛絲狄蒙娜身邊的女僕艾蜜莉亞撿走了。

伊阿古走過來時，艾蜜莉亞正看著那條手帕。伊阿古從妻子手中拿走手帕，命令她不准告訴任何人。

某天在庭院裡，伊阿古跟在奧賽羅身旁，伊阿古發現他那些不懷好意的謊言已讓奧賽羅上鉤了。於是，伊阿古又再說他看見凱西奧用一條手帕擦嘴，上面刺了草莓圖樣，看來那應該就是奧賽羅送給夫人的手帕。

不幸的摩爾人大發雷霆。伊阿古發誓，要把自己的手、心、頭腦都獻給奧賽羅，上天可以為他作證。

「我就接受你的愛戴吧。」奧賽羅說：

「三天內，我要你向我報告凱西奧的死訊。」

伊阿古的下一步，就是把黛絲狄蒙娜的手帕放在凱西奧的房間。凱西奧看見手帕就知道那不屬於自己，不過，他很喜歡上面的刺繡，於是他把手帕交給情人比恩卡，請她描下手帕上的圖樣。

這時，奧賽羅已經為手帕的事責備過黛絲狄蒙娜了。伊阿古又建議奧賽羅偷聽他和凱西奧的對話。伊阿古的目的是和凱西奧聊聊他的戀人，讓奧賽羅以為他們談論的人就是黛絲狄蒙娜。

「副將，最近還好嗎？」凱西奧出現後，伊阿古問道。

「我已經不是副將了。聽到有人這樣叫我，心情更差了。」凱西奧悶悶不樂的回答。

「你可要讓黛絲狄蒙娜把你的事放在心上啊，這麼一來，你很快就能復職了。」伊阿古說。他又用奧賽羅聽不見的音量說：

「要是你拜託的人是比恩卡，事情早就解決了吧。」

「唉、可憐的人。」凱西奧說：

「我認為她是愛我的。」

於是，在伊阿古的誘導之下凱西奧像個多話的花花公子，誇耀起比恩卡對自己的愛。而憤怒得幾乎喘不過氣的奧賽羅，則想像著凱西奧恣意談論黛絲狄蒙娜的樣子，他心想：

「凱西奧，我已經預見你的鼻子被割下來的模樣，現在就只差我還沒決定要用你的鼻子來餵哪隻狗。」

比恩卡進來時，奧賽羅還躲在一旁偷聽。比恩卡以為凱西奧拜託她描繪的是他的新戀人手帕上的刺繡，她怒氣衝天，與他吵了一架。比恩卡丟下輕蔑的話和那條手帕就離開了，凱西奧追了出去。

奧賽羅看見了比恩卡。相較於黛絲狄蒙娜，比恩卡不但身分低，論美貌、談吐也都遠遠不及。奧賽羅忍不住對身旁的惡人稱讚自己的妻子。奧賽羅稱讚她的縫紉技巧，稱讚她的歌聲連熊聽了都會入迷、失去野性，也稱讚她機智、溫柔、皮膚白皙。

奧賽羅每稱讚黛絲狄蒙娜一句，伊阿古就試圖激怒他，他想讓奧賽羅因憤怒而口不擇言。不過，奧賽羅仍無法不讚美黛絲狄蒙娜。他說：

「你不懂她的好，真是遺憾啊，伊阿古。噢，真是太遺憾了。」

窮凶極惡的伊阿古心裡沒有半點遲疑。若有的話，伊阿古當時或許就猶豫起來了。

「勒死她。」伊阿古說。

「就這麼辦。」被他愚弄的人答道。

兩人進一步討論殺人計畫時，黛絲狄蒙娜帶著親戚羅多維科出現了。羅多維科帶著威尼斯公爵寫給奧賽羅的信。信裡寫著要把奧賽羅從賽普勒斯島召回，並把總督一職交給凱西奧。

運氣不好的黛絲狄蒙娜選了這個不對的時機，再次請求奧賽羅原諒凱西奧。

「可惡！」奧賽羅大叫。

「可能是那封信讓他變得暴躁了。」羅多維科向黛絲狄蒙娜說明信裡的內容。

「我倒是很高興呢。」黛絲狄蒙娜說。奧賽羅粗暴的態度，逼得黛絲狄蒙娜第一次說出如此苦澀的話。

「我看見妳神智不清的樣子才高興呢。」奧賽羅說。

「為什麼呢？親愛的奧賽羅。」黛絲狄蒙娜語帶諷刺的問。

奧賽羅打了妻子一巴掌。

此刻，對黛絲狄蒙娜而言，和奧賽羅分開才能讓自己活命。然而，黛絲狄蒙娜不知道自己的處境有多危險，她只知道，她對奧賽羅的愛已經被傷透了。

「我沒有理由受到這種對待。」黛絲狄蒙娜說。她的眼淚緩緩滑落臉龐。

羅多維科非常震驚，他感到很不愉快。

「大人。」羅多維科說：

「這種事在威尼斯是不被容許的，請您向夫人道歉。」

然而，奧賽羅就像做著噩夢、神智不清的人一樣，用不堪入耳的言詞說出自己卑鄙的想法。他咆哮著：

「滾到我看不見的地方去！」

「我也不想待在這裡惹你生氣。」他的妻子說。不過，黛絲狄蒙娜離去時拖拖拉拉的，奧賽羅又大喊一聲「滾！」她才從丈夫和客人身邊離開。

之後，奧賽羅邀請羅多維科共進晚餐，他多說了一句：

「歡迎來到賽普勒斯，淫亂的威尼斯人！」

不等羅多維科回話，奧賽羅就離開了。

凡是有教養的訪客一點也不想捲入他人家中的紛爭，更沒有人願意被這樣羞辱。羅多維科要伊阿古說明眼前是什麼情況。

伊阿古裝出老實的樣子，拐彎抹角的說奧賽羅的狀態比想像中的還糟，他勸羅多維科最好注意奧賽羅的行動，也別再問他問題，以免被他弄得更不愉快。

伊阿古企圖說服洛特利哥，要他殺了凱西奧。不過，洛特利哥並不喜歡伊阿古。洛特利哥交給了伊阿古許多寶石，讓他送給黛絲狄蒙娜，卻沒有一點效果。真相是黛絲狄蒙娜連看都沒看過那些寶石，全都被伊阿古私吞了。

伊阿古用謊言安撫洛特利哥。凱西奧正要離開比恩卡家時，洛特利哥傷了凱西奧，自己也受傷了。凱西奧大聲呼救，羅多維科和他的朋友聞聲趕來。凱西奧指著刺客洛特利哥。

伊阿古想乾脆殺了這個成事不足的朋友，他對洛特利哥大喊「你這壞蛋！」並刺向他，但沒能把他殺死。

城堡裡，悲傷的黛絲狄蒙娜對艾蜜莉亞說，奧賽羅要求艾蜜莉亞今晚必須離開。

「竟然要我離開！」艾蜜莉亞大喊。

「這是奧賽羅的命令。」黛絲狄蒙娜說：

「我們現在不能惹奧賽羅生氣啊。」

黛絲狄蒙娜唱了一首遭到情人殘忍對待的少女所唱的歌——在樹枝垂向地面猶如落淚的柳樹旁，有一位少女在哭。

之後，黛絲狄蒙娜就寢了。

黛絲狄蒙娜醒過來時，發現丈夫眼神凶惡的低頭看著自己。
「今晚妳禱告了嗎？黛絲狄蒙娜。」奧賽羅問。
接著，奧賽羅告訴這位清白、惹人憐愛的女性，任何可能令她良心不安的罪過，都該乞求神的原諒。
「我不想殺了妳的靈魂。」奧賽羅說。
奧賽羅說，凱西奧已經承認了。黛絲狄蒙娜知道凱西奧不會說出任何傷害她的話，但奧賽羅告訴她，凱西奧已經被封口了。
黛絲狄蒙娜聽了之後不由得哭了。然後不管黛絲狄蒙娜如何拚命央求，奧賽羅仍破口大罵，勒住她的脖子，讓她受了致命的傷。
就在此時，總感覺哪裡不對的艾蜜莉亞前來，在門口請求黛絲狄蒙娜讓她進去。奧賽羅打開門鎖，艾蜜莉亞聽見房裡傳來聲音：
「我明明沒有罪，卻得交出生命。」
「到底是誰做的？」艾蜜莉亞叫道。那聲音說：

「不是別人，是我自己。永別了！」

「是我殺的。」奧賽羅說。

在那場面令人悲傷的床邊，奧賽羅終於對趕來的人——包括伊阿古，說出自己握有的證據。然而，在奧賽羅說起手帕時，艾蜜莉亞說出了真相。

奧賽羅終於明白了一切。

「除了打雷，上天難道沒有其他懲罰人類的方法嗎？」奧賽羅吶喊的同時，衝向伊阿古。伊阿古急忙要逃走前，還給艾蜜莉亞致命的一擊。

不過，伊阿古很快被抓了回來，嚴刑拷打下，死亡對他反而是解脫。

眾人打算把奧賽羅帶回威尼斯，讓他接受審判，奧賽羅卻拔劍反抗。

「在各位動身前，請容我說幾句話。」奧賽羅對在場的幾位威尼斯人說道：「請據實說出我的事，無須美化也不必醜化。就說我丟棄了珍珠中的珍珠，從沒哭過的眼睛流出了淚。幾年前，我在阿勒頗看見有個土耳其人毆打威尼斯人，我掐住土耳其人的喉嚨，就這樣殺了他。」

奧賽羅自己把劍刺進了心臟。臨終前，他懷抱絕望的愛，吻了黛絲狄蒙娜的臉龐。

## 我與莎士比亞故事們的第一次接觸

最早接觸到莎士比亞是從電影《莎翁情史》和《羅密歐與茱麗葉》，早在閱讀文字之前，我就已經在電影中認識了莎士比亞的故事。

羅密歐與茱麗葉的愛情故事，除了電影的演繹，我還看了改編的舞蹈作品，經典之所以是經典，在於它重現在各式不同的平台時，都能無障礙的把所要傳遞的傳遞出去，即使舞蹈中沒有任何言語，只有肢體和表情的延伸，你還是能感受到這個故事的情感流動。

大學時，讀戲劇系的我第一個接觸的莎士比亞劇本就是《羅密歐與茱麗葉》，當那段經典的獨白：「羅密歐、羅密歐，為什麼你的名字是羅密歐呢？」從高聳的樓台中，茱麗葉喃喃自語的傾訴飄進羅密歐的耳裡，這段愛情在彼此確認心情後，瞬間激盪出燦爛的火花，有人說愛情中最難得的，大概就是你愛我正如我剛好也愛你那般。

羅密歐與茱麗葉的愛情，最終化解了兩個家族間長久的對立，在偉大的愛面前，一切的怨恨都該被和解，雖然他們要在失去彼此親愛的孩子之後，才真的能明白這個道理。

莎士比亞的劇本中，不乏各種愛情故事，但在這愛情中的混亂、錯過、誤會、失而復得……不完全都是皆大歡喜的劇情，他寫悲劇也寫喜劇，和人生一樣，就看你怎麼解讀你的生活，怎麼看待所有的悲與喜。

除了愛情的轟轟烈烈，莎士比亞也寫出了愛情中的荒謬和盲目，如同《仲夏夜之夢》，淘氣的精靈帕克，把花液滴進熟睡的人的眼中，那個人一醒來，就會立刻愛上睜眼後遇見的第一個人，所謂的一見鍾情在帕克的惡作劇中，混亂了森林裡的人們，然而就像愛情中的盲目一樣，一旦陷入，會無視於世界上其他一切，只專注你愛的人，不斷的追逐，用情之深且認真，直到清醒後，發現愛上的是隻驢子，而真正愛你的人，你前一刻正在跟他鬧著彆扭，他看著你的一切，等著你清醒的瞬間，毫無保留的再次接受你的愛。

在念書的過程中，閱讀了莎士比亞的原著劇本，從簡易本的故事集到電影到舞作最後閱讀到劇本，這樣一步步的透過各種管道，接近莎士比亞的作品，每次獲得的感動都是不一樣的。

好的經典作品值得一讀再讀，但需要透過不同年齡可以理解的狀態，緩緩的接近，每個時期，你閱讀同一個作品都會有不一樣的理解，隨著自己生命經歷而有的全新解讀，特別感謝莎士比亞的作品，陪伴我在每個成長的時間點上，讓我可以反思生命中所有的喜怒哀樂。

到最後我甚至把一些喜歡的獨白，翻找原文來閱讀，莎士比亞的作品絕對是每個時期你都可以從中獲得許多的好文本，期待大家從現在開始，翻開莎士比亞的故事，進入他細膩描繪的各個角色中，預先品味人生。

## 【作者簡介】

**連俞涵**

養一隻三花貓、幾棵小樹苗。
住在老公寓裡，
一邊演戲一邊寫字；
一邊拍照一邊旅行，
熱愛閱讀，曾任Openbook好書閱讀大使，著有詩集《女演員》、散文集《山羌圖書館》。

這套世界文學包含了多元的文化與各地不同的風景與習俗，當你徜徉在《莎士比亞故事精選集》故事情節中時，是否也運用了你敏銳的觀察力，發現哪些是與自己的生活很不一樣的地方呢？以下幾個問題將幫助你試著發表自己的心得或感想。現在就讓我們穿越文字的任意門，一起開始這趟充滿勇氣、信心與感動的旅程吧！

**問題1**　莎士比亞的故事有哪些主題？為什麼這些主題會感動人心？你最喜歡哪一個故事？為什麼？

**問題2**　如果羅密歐與茱麗葉活在當代，結局會不同嗎？試著發揮想像力改寫現代的羅密歐與茱麗葉。

**問題3** 在〈仲夏夜之夢〉中，精靈王歐貝隆請精靈帕克去摘哪一種花，這種花有什麼功效？如果真的有這種花，你會使用它嗎？為什麼？

**問題4** 莎士比亞的故事裡可見人與人之間常會出現誤會，你可有被誤會的經驗？當下你感覺如何？你發現自己誤會別人時又會怎麼做？

**問題5** 〈錯誤的喜劇〉為何叫「錯誤」？結局又是如何？你有認錯人或是被誤認的經驗嗎？說說看你自己的故事。

**日文版譯者**

八木田宜子（1937-）

生於東京。畢業於東京大學教育系。

曾任童書編輯，目前則從事童書翻譯、創作及相關研究。

譯有英國兒童文學家伊迪絲．內斯比特及瑪麗．諾頓等人著作。

也是日本《英美兒童文學年表》的編者之一。譯著作品豐富。

**中文版譯者**

黃育朋

政治大學心理系畢業。通過日語檢定N1，文化大學推廣部日文筆譯班課程修畢。曾任職於日商公司、翻譯公司，翻譯過各類文件手冊。目前為專職接案譯者。

封面繪圖：Lynette Lin
封面設計：倪龐德
地圖與註解小圖繪製：陳宛昀
彩色插圖繪製：王蕨

國家圖書館出版品預行編目（CIP）資料

羅密歐與茱麗葉：莎士比亞故事精選集 / 威廉．莎士比亞作；黃育朋譯．-- 二版．-- 新北市：木馬文化出版：遠足文化發行，民 108.09
面；　公分
ISBN 978-986-359-715-5（平裝）

873.4332　　108014314

# 羅密歐與茱麗葉──莎士比亞故事選集

ロミオとジュリエット

原著作者：威廉．莎士比亞（William Shakespeare）
＊日文版由八木田宜子譯自英文
譯　　者：黃育朋
社　　長：陳蕙慧
副總編輯：戴偉傑
責任編輯：葉芝吟、王淑儀（二版）

讀書共和國出版集團社長：郭重興
發行人：曾大福
出　　版：木馬文化事業股份有限公司
發　　行：遠足文化事業股份有限公司
地　　址：231 新北市新店區民權路 108-2 號 9 樓
電　　話：(02)22181417　　傳　　真：(02)8667-1891
Email：service@bookrep.com.tw
郵撥帳號：19588272 木馬文化事業股份有限公司
客服專線：0800221029
法律顧問：華洋國際專利商標事務所　蘇文生律師
內頁排版：中原造像股份有限公司
印　　刷：中原造像股份有限公司
小木馬悅讀遊樂園：http://www.facebook.com/ecuschildren

二版一刷：2019 年 9 月
二版四刷：2023 年 4 月
定價：300 元
ISBN：978-986-359-715-5

21 SEIKI-BAN SHOUNEN SHOUJO SEKAIBUNGAKU-KAN [3]
《ROMIO TO JURIETTO》

## 精選二十四冊、橫跨世界多國的文學經典名著

### 好的文學作品形塑涵養孩子的品格力與人文素養

勇氣‧善良‧夢想‧行動‧智慧‧思辨……

| | |
|---|---|
| 希臘神話（希臘） | 小公子（英國） |
| 悲慘世界（法國） | 俠盜羅賓漢（英國） |
| 唐吉訶德（西班牙） | 三國演義（中國） |
| 偵探福爾摩斯（英國） | 西遊記（中國） |
| 格列佛遊記（英國） | 金銀島（英國） |
| 湯姆歷險記（美國） | 阿爾卑斯少女（瑞士） |
| 莎士比亞故事（英國） | 聖誕頌歌（英國） |
| 小婦人（美國） | 十五少年漂流記（法國） |
| 紅髮安妮（加拿大） | 傻子伊凡（俄國） |
| 長腿叔叔（美國） | 愛的教育（義大利） |
| 魯賓遜漂流記（英國） | 黑貓（美國） |
| 三劍客（法國） | 少爺（日本） |

……………………………………出版順序以正式出版時為準。